新潮文庫

カエルの楽園

百田尚樹著

新潮社版

10699

カエルの楽園

第一章

1

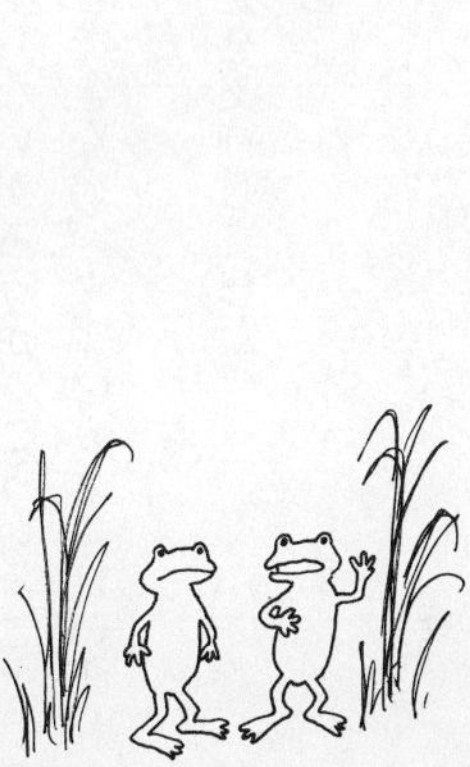

ソクラテスが生まれ育った国を追われ、長い旅に出たのははるか昔のことでした。

自分でもそれがいつだったか思い出せないくらい遠い昔です。

ある春の日、凶悪なダルマガエルの群れがやってきたときから、平和だったアマガエルの国は地獄に変わりました。毎日のように仲間たちがダルマガエルに食べられました。

多くの仲間たちが池を離れ、草むらに逃げ込みました。でも、アマガエルといえど近くに水がなければ生きてはいけません。それに池の周囲には食べ物になる小さな虫がいます。

ソクラテスたちは毎日、水と食べ物を求めて池の近くに行きましたが、そのたびに多くの仲間たちが命を失いました。

それに草むらも安全な場所とは言えませんでした。なぜなら、そこには恐ろしいマムシがいたからです。マムシは闇《やみ》にまぎれてそっと近づいてきて、あっというまにアマガエルを飲み込みます。気付いた時には、すでに体の半分がマムシの口の中で、もういくらあがいても助かることはできません。こうして毎夜、草むらでも多くの仲間がマムシに食べられました。

このままではいずれ自分たちは死に絶える――そう考えたソクラテスは、国を捨てることを提案しました。でも、おとなたちは反対しました。

長老のクンクタトルは言いました。

「これがわしらの運命だ。お前たち若いものは知らないだろうが、こういうことは繰り返しあることなのだ。この運命に逆らうことはできない。ダルマガエルはいずれどこかへ去る。わしらは、ただ、その時を待つだけだ」

年配の多くのカエルたちがクンクタトルの意見を支持しました。

「もし、ダルマガエルがどこへも去らなかったら？」

とソクラテスは訊《き》きました。

「いつかは去る」

「いつまでも去らなかったら？」

「去るまで待つ。それがわしらの運命だ」

ソクラテスは長老の言葉に納得できませんでした。それで若い仲間たちと新天地を求めて旅に出ることを決意しました。この広い世界のどこかに、自分たちが平和に暮らせるところがきっとあるに違いない。そこに自分たちの国を造る――。

こうしてソクラテスは六十四の仲間たちと共に、安住の地を求めて旅に出ました。

――あれから、どれくらい経《た》ったのだろうか。

ソクラテスはふと足を休めて呟《つぶや》きました。

旅は厳しいものでした。安住の地など、どこにもありませんでした。

生まれ故郷を出た途端、水のない石と砂だらけの荒地にぶつかりました。カエルは体の表面が乾いてしまえば命を失います。だから水のまったくないところを行くのはとても危険です。長い間、池から離れられなかったのはそのせいだったのです。

でも、新天地を探すためには敢《あ》えて冒険も必要です。ソクラテスたちは決死の覚悟で石と砂だらけの荒地に踏み込みました。

アマガエルたちは荒地を抜けるのに一昼夜を費やし、途中、十匹が力尽きて死にました。

荒地を抜けると大きな川がありました。アマガエルたちは一斉に川に飛び込みました。疲れ切った体に水がしみこみ、心地よさに全身が覆《おお》われました。

川の水は美しく、岸辺には緑の草が生《お》い茂《しげ》り、ソクラテスはついに楽園に辿《たど》りついたと思いました。でもそれは大きな思い違いでした。仲間の悲鳴があちこちで起こりました。

アマガエルたちが次々に水の中に引きずり込まれていきます。ソクラテスは水の中に潜りました。そこには見たことのない巨大な魚の大群がいました。ソクラテスは知らなかったのですが、それはイワナでした。

獰猛《どうもう》なイワナは次々に襲いかかり、鋭《するど》い歯でアマガエルの体を引き裂きました。

ソクラテスはイワナの襲撃《しゅうげき》を必死にかわし、岸に泳ぎ着くことができました。岸には同じように逃げのびた仲間たちがいましたが、二十匹以上の仲間が消えていました。

そのあとの旅はもう思い出すのも嫌なものでした。草原、森、岩場――ソクラテスたちが行くあらゆるところに、恐ろしい鳥や獣が棲《す》んでいたからです。

忘れられないのは、雨が降ったあとの小さな水たまりで休んでいたときのことです。

一羽のカラスがやってきて、アマガエルたちを襲いました。カラスは立て続けに数匹のアマガエルを飲み込むと満腹になったのか、残ったアマガエルを嘴《くちばし》で突いたり、はさんで空中に放り投げたりしました。エサにするのではなく、遊びで殺戮《さつりく》を楽しむのです。ソクラテスたちは悲鳴を上げて逃げまどいました。

やがてカラスは飽きたのか、殺戮をやめると、どこかへ飛び立っていきました。でも、残されたアマガエルたちは悲惨な有様でした。お腹《なか》が裂けたもの、手や足がちぎれたもの——。彼らの命はもう長くは持ちません。可哀《かわい》そうですが、どうしようもありません。

ソクラテスたちは傷ついた仲間たちを残して、旅を続けました。

苦しい旅の途中には、何度か沼や池に辿りついたこともありました。でも、そこは体の大きなトノサマガエルやアカガエルが支配する国でした。彼らは体の小さなアマガエルをエサにします。そんな場所に棲むわけにはいきません。

こうしてソクラテスたちはあてのない旅を続けました。いつのまにか仲間たちは三分の一になっていました。

あるとき、同じアマガエルたちがたくさん棲む林に辿りつきました。そこには小さな川が流れ、エサがふんだんにありました。また水辺には鳥から身を隠せる背の高い葦《あし》が茂っていました。ソクラテスたちはついに楽園を見つけたと思い、歓喜の声を上げました。

でも、その林に棲むアマガエルたちはみんな暗い顔をしていました。

「お若いの、ここはあなたたちが思っているような楽園では決してないよ。そもそも、ここはわしらの国ではないのだ」

その林に棲む年老いたアマガエルが言いました。

「では、誰の国なのですか？」

「ヒキガエルのクセルクセス様の国だ。クセルクセス様は恐ろしい王様だ。毎日、わしらアマガエルを五匹も食べる」

その言葉を聞いて、ソクラテスたちは恐れおののきました。

「なぜ、ここから逃げないのですか」

ソクラテスの問いに、年老いたアマガエルは首を横に振りました。

「どこに逃げると言うんだね。わしらアマガエルはどこにいっても敵ばかりだ。サギ、モズ、ハト、ネズミ、イタチ、イワナ——それだけじゃない。同じカエルたちもわしらを食べる。体の小さなアマガエルは、体の大きなカエルたちのエサなのだ」

ソクラテスは老アマガエルの言うことは間違ってはいないと思いました。長い旅でそれらを嫌というほど学んできたからです。

「クセルクセス様はたしかに恐ろしい王様だ。しかし一日に五匹しか食べない。五匹食べるとお腹がふくれるから、それ以上は食べない。わしらの仲間は四百匹もいる。五匹食べられたら、五匹こどもを育てればいい」

「でも、毎日、誰かが食べられるんでしょう」

老アマガエルはうなずきました。

「こんなところで生きていくのですか？」

「あなたは世界を旅してきたと言われた。そんなあなたに訊きたい。世界はこの国よりも安全だったかね？」

ソクラテスは返答に困りました。たしかに、世界にはもっともっと恐ろしいところがいくつもありました。

「ソクラテス、俺はここで暮らす」

ずっとソクラテスと一緒に旅してきたアシュケナージが言いました。

「クセルクセスは恐ろしい王かもしれないが、サギやヘビよりはずっといい」

「しかし、クセルクセスがいる限り、常に恐怖とともに暮らしていかなければならないんだぞ」

「かまわない」とアシュケナージは言いました。「ここに来るまでの旅はもっと恐怖に満ちていたし、仲間の大半を失った。それに、俺はもう、旅に疲れた」

アシュケナージの言葉に、仲間たちの多くが「自分もここに残る」と言いました。

でもソクラテスはクセルクセスの王国に棲む気にはなれませんでした。いかに水がきれいでエサが豊富でも、毎日五匹も生け贄《いにえ》のように食べられる恐怖とともに生きるのはいやだったからです。

ソクラテスはアシュケナージたちと別れました。

ソクラテスと行動を共にしたのは七匹だけでした。

クセルクセスの王国を出て五日後、ソクラテスたちは森にたどりつきました。鬱蒼《うっそう》と葉が生い茂る暗い森は不気味な雰囲気に満ちていました。

「ヘビに気をつけろ」

ソクラテスは言いました。アマガエルたちは用心深く森を進みました。

すると突然、ヤブの中から三匹のヤマアカガエルが襲ってきました。ソクラテスは間一髪その攻撃から逃れましたが、すぐ後ろを歩いていたヨハンがヤマアカガエルの長い舌に巻かれて飲みこまれるのが見えました。

「みんな、森から逃げろ！」

ソクラテスは大きな声で叫びました。アマガエルたちは森の出口に向かって跳びましたが、そこには大勢のヤマアカガエルたちが待ち構えていました。ソクラテスたちはバラバラになって森の中を懸命に逃げました。

ようやく森を脱出し草原まで逃げのびたソクラテスは、そこに一匹のアマガエルの姿を見つけました。

「ロベルトか」

「ソクラテス、お前も無事だったか」

ロベルトは疲れた顔をしていました。

「他のものは？」

「全部、やられた。生き延びたのは俺とお前だけだ」

「そうか――」

「俺にもやっとわかったよ」ロベルトは言いました。「俺たちアマガエルには安住の地などなかったんだ」

「そんなことはない。世界は広い」

「いや、世界は広いかもしれないが、どこも同じだ。これは狭いのと同じだよ。もうどこへ行っても変わらない」

ロベルトにそう言われると、ソクラテスも返す言葉がありませんでした。

「長老たちの言っていたことは正しかった。この世界のすべては危険な場所だった。長く苦しい旅で学んだのはそれだけだ。だが、カラスやヘビが俺たちを襲うのは仕方がない。やつらは別の生き物だ。だから、これは天災のようなものだ。許せないのは——同じカエルがカエルを襲うことだ。なあ、ソクラテス、教えてくれ。なぜ、カエルが同じカエルを食べるんだ」

ソクラテスは首を横に振りました。

「ぼくにだってわかるわけがない。かつて長老は言っていた。強いカエルは弱いカエルを食うものだって。そうカエルの歴史書に書かれているって」

「ふざけた歴史書だ！」ロベルトは吐き捨てるように言いました。「多分、その歴史書は強いカエルが書いたんだろうよ」

ソクラテスとロベルトは疲れた体を引きずるように旅を続けました。

いつのまにか季節は夏になっていました。希望に燃えて旅立ったものの、二匹とも、もはや夢見た楽園などどこにもないということを知ってしまいました。この広い世界には、小さなアマガエルが幸福に生きていける地など、ありはしないのです。

二匹のアマガエルはあてもなく歩きました。

やがて二匹は大きな岩壁《がんぺき》の下に辿りつきました。

「どうする？」ロベルトが言いました。

ソクラテスは岩壁を見上げました。それはとても高いものでした。はたして登れるかどうかわかりません。たとえこの壁を登れたとしても、そこに何が待っているのかはわかりません。崖《がけ》の上には恐ろしいカラスの群れが棲んでいるかもしれません。

「登ろう」

ソクラテスは断固とした口調で言いました。ロベルトはうなずきました。

二匹は岩壁を登り始めました。ソクラテスもロベルトも、壁の向こうに何があろうとかまわないと思ったのです。たとえどんな地でも、そこを最後の土地にしようという気持ちでした。

——もう旅はいい。ここで死んでも悔いはない。

壁を登っていると、一羽のモズが二匹に襲いかかってきました。モズはカエルにとって恐ろしい敵です。彼らはカエルをくわえると、木の枝の先に突き刺してしまうのです。

二匹は必死にモズの襲撃をかわしましたが、何度目かの攻撃のときにロベルトが足を踏み外しました。ソクラテスは咄嗟《とっさ》にロベルトの腕を摑《つか》んで、落ちるのを防ぎました。

モズがもう一度襲いかかってこようとしているのがわかりました。

「ロベルト、一緒に跳ぶぞ。失敗したら二匹とも落ちて死ぬが、いいか」

「いいぞ」

「よし。一、二の、三！」

ソクラテスとロベルトは同時に踏みしめていた足場を蹴《け》りました。アマガエルの跳《ちょう》躍《やく》力はすごいものがあります。二匹は一気に崖の上に取りつきました。でもその跳躍に最後の力を使い果たした二匹には、もう動ける体力が残っていませんでした。

二匹の耳に、自分たちに向かって飛んでくるモズの羽音《はおと》が聞こえました。ソクラテスは目を閉じ、死を覚悟しました。これで長い旅も終わりだな、と思いました。ようやく楽になれる――。

その時、頭上で何かがぶつかるような激しい音が聞こえました。音はすぐにやみました。

ソクラテスが目を開けると、周囲にモズの羽が散らばっていました。よく見ると、モズの血らしきものも落ちていました。

「どういうことだ。何があったんだ」

ロベルトは言いました。

「知るもんか」ソクラテスは言いました。「何が起こったのかはわからないけど、とにかく命が助かったことはたしかだ」

目の前には背の高い草むらがありました。二匹は立ち上がって草の中を歩きました。

すると突然、草むらが終わり、視界が開けました。

ソクラテスは、あっ、と大きな声を上げました。そこには見たこともないような美しい湿原が広がっていたからです。

二匹は水の中に飛び込みました。そこにイワナがいようと、トノサマガエルがいようとかまわないと思いました。でも、池にはソクラテスたちを襲うものは何もいませんでした。

水は澄み切っていて、心地よいものでした。一口すると、これまでに味わったことのない美味《おい》しさでした。

ソクラテスは、ついに安住の地にたどりついたと思いました。

2

ソクラテスとロベルトはしばらく池の中に体を浮かべていました。水の温《ぬく》もりが二匹のアマガエルの疲れた体を癒《いや》しました。

「ロベルト、大丈夫か」

ソクラテスはロベルトに声をかけました。

「さっきの跳躍で足を痛めたみたいだけど、たいしたことはない」

「それはよかった」

その時、後ろから「あなたたちは誰？」という声がしました。

振り返ると、岸辺から一匹のメスのツチガエルがこちらを見ていました。

「ぼくらはソクラテスとロベルト」

「あたしはローラ。あなたたちはどこから来たの？」

「こんにちは、ローラ。ぼくたちはずっとずっと遠いところから来ました。長い旅を経てここにたどりついたんです」

ソクラテスとロベルトは水から上がってローラに挨拶《あいさつ》しました。

ローラの体の大きさはソクラテスたちとほとんど同じでした。ツチガエルは比較的小さなカエルで、アマガエルを襲いません。

「どうして、生まれた国から出てきたの？」

ローラが訊《たず》ねました。

「ダルマガエルがやってきたからです」

「ダルマガエルがやってきたくらいで、どうして国を出るの？」

「ダルマガエルはぼくたちアマガエルを食べるのです」

「じゃあ、食べるのをやめてもらえばいいんじゃないの？」

「やめてくれないから、ぼくたちが出たのです」

ローラは首をかしげながら呟くように言いました。

「そんなおかしな話ってあるかしら」

ロベルトが何か言いかけましたが、ソクラテスはそれを制して説明しました。

「ぼくたちは平和に暮らせるところを求めて仲間たちと一緒に旅に出たんです」

「そう。それで見つかったの？」

ソクラテスは首を横に振りました。

「世界のどこにも、ぼくたちが平和に暮らせるところはありませんでした。ここに来る途中、仲間たちの多くが命を失いました」

「あら、旅って大変なのね」

ローラは不思議そうな顔をしました。

「そして今日、ようやくここにたどりついたのです。ここはどこですか」

「ナパージュの王国よ。あたしたちツチガエルの国よ」

「ここにはツチガエルを食べるカエルたちはいないの？」

「そんなのいるわけがないわ。ナパージュには争いや危険は何もないの」

「そういえば、さっきモズに襲われたのですが、ぼくたちがこの崖の上に上がった途端、姿が見えなくなったんです」

「ふーん。それがどうしたの」

「それって、何かわけがあったのかなと思って」

「ナパージュのカエルは誰にも襲われないわ」

「それはどうして？」

「どうしてって――」

ローラは、そんなこともわからないの？　という顔をしました。

「あたしたちナパージュのカエルが平和を愛するカエルだからよ」

ローラはロベルトの足に目を留めました。

「あなた、怪我《けが》してるんじゃない？」

「たいしたことはないよ」

「ダメよ。ほっておいたら、ばい菌が入るわ」

ローラは舌でロベルトの足の傷口を丁寧に舐《な》めました。ソクラテスはその行為に驚きました。ロベルトも口をあんぐり開けたままです。

「この先に、きれいな水が湧《わ》いている泉があるわ。毎日そこの水で洗えば、怪我も治るはずよ」

ローラはソクラテスたちを泉に案内してくれました。

「それじゃあ。また、どこかでお会いしましょう、旅のカエルさん」

ローラはそう言うと、どこかへ去っていきました。

「なんて優しいカエルなんだ！」

ロベルトはうっとりしたように言いました。ソクラテスもうなずきました。

二匹はナパージュの中心地に向かいました。

その道すがら、草むらや水辺で多くのツチガエルに出会いましたが、彼らは見ず知らずのアマガエルを見ても、警戒もしないし、敵意のまなざしを向けたりもしませんでした。

それどころか皆、とても親切でした。ソクラテスたちが遠くから来たと知ると、心地よく過ごせる木陰《こかげ》などを教えてくれました。ロベルトが傷ついた足を引きずっているのを見ると、エサになる虫もくれました。

これまで様々な国を見てきましたが、こんなことは初めてです。

「どうして、こんなに親切にしてくれるのですか？」

ロベルトがエサ場を教えてくれた年老いたツチガエルに訊ねました。

するとそのツチガエルは意外そうな顔をしました。

「カエルがカエルに親切にするのは当たり前じゃないかね」

ロベルトはそのツチガエルが去った後に、感極《かんきわ》まった声で言いました。

「この国に棲むカエルたちはとても素敵だ！」

ソクラテスもまったく同じ思いでした。

もうひとつ、この国に来てソクラテスたちが驚いたことがあります。それはナパージュのカエルたちが、昼間でも平気で草むらや葉っぱの上で寝ていたことです。中には水の上に気持ちよさそうに浮かんでいるものもいます。

ロベルトは不思議そうに言いました。

「この国のカエルたちは、どうしてこんなに呑気《のんき》なんだろう。何かに襲われたらひとたまりもないぞ」

「それだけ平和ということなんじゃないかな。ローラが言っていた、カエルを襲うものがまったくいないというのは本当みたいだ。おそらく、ここには危険なものはないんだよ。水の中にも、草むらの中にも」

その時、雨粒が二匹の体を濡《ぬ》らしました。雨はカエルたちにとって最高の恵みです。

「俺たちは――」

ロベルトは空を見上げながら、ふるえる声で言いました。

「とうとう楽園にたどりついたようだな」

二匹のアマガエルがナパージュの王国にやってきたという噂《うわさ》は、一部のツチガエルたちの間に広まったようでした。

翌日、ソクラテスたちは、池のほとりで開かれている集まりに呼ばれました。雨は昨日からずっと降り続いています。

雨の中、シロツメクサに覆われた広場には大勢のツチガエルが集まり、中央のぽっかり空いたところに、ツチガエルにしては派手な色をしたカエルが立っていました。

ソクラテスとロベルトは、そのカエルに手招きされました。

「若い旅人さん、ようこそナパージュの王国へ」

派手なカエルはよく通る声で挨拶しました。

「ここはナパージュのお祭り広場です。ここでは一日中、楽しい歌や踊りや芝居をやっています。それを観《み》るために多くのカエルが集まっているのです。わたしはこのお祭りを取り仕切っているマイクと言います」

「ぼくはソクラテスです。隣にいるのはロベルトです」

マイクは集まっているカエルたちに向かって大きな声で、「皆さん、ソクラテスとロベルトです」と叫びました。カエルたちは歓迎の声を上げました。

「このお祭り広場に登場したからには、もうおふたりは皆さんに顔と名前を覚えられましたよ。有名ガエルになりました。どうです、よかったでしょう」

マイクはニコニコして言いましたが、ソクラテスは何がいいのかちっともわかりませんでした。

「ここは王国ということですが、王様はいらっしゃらないのですか」

「この国の王は何も命令をくだしません。賢明で静かなる王です。だから王であって王ではない。つまりナパージュは王国なのですが、王国ではない。おわかりですか」

ソクラテスもロベルトもマイクの言っている意味がよくわかりませんでしたが、曖《あい》昧《まい》にうなずきました。

「この国を治めているのは、わたしたちによって選ばれた元老《げんろう》たちです。ところで、若い旅人さん、あなたたちは、なぜ生まれ故郷を出て旅をしているのですか」

「生まれた土地にダルマガエルがやってきて、仲間たちが殺されたからです」

「ダルマガエルですって――。そんなものは見たことがない。そんなカエルが本当にいるのですか」

「ぼくは嘘《うそ》はついていません」

「嘘でないとすれば、でたらめでしょう」

「でたらめでもありません。ダルマガエルは恐ろしいカエルです。小さなアマガエルを食べるのです」

マイクから笑顔が消えました。

「申し訳ないが、そんな話は信じられません。理由もなしにカエルがカエルを食べるなどということはありえません。あなたたちが言うように、ダルマガエルがアマガエルを襲ったというのが本当なら、それはあなたたちがダルマガエルを怒らせるようなことをしたからではないのですか」

「ぼくたちはなにもしていません」

「何もしていないのに、ダルマガエルとやらがいきなり襲うなどということは考えられません。みんなもそう思うでしょう」

マイクは周囲のカエルたちを見渡して言いました。カエルたちは皆、「そうだ、そうだ」と声を上げました。

「こいつは嘘をついているんだ！」

誰かがひときわ大きな声で言いました。すると大勢のカエルたちが一斉にソクラテスたちを罵倒《ばとう》し始めました。

「嘘つきだ！　とんでもない野郎だ！」

ソクラテスは動揺しました。昨日あれだけ優しかったツチガエルたちの様子とはまったく違っていたからです。

「この騒ぎをどうしてくれるんです？」マイクはソクラテスたちを責めるように言いました。「ふたりには楽しい旅の話をしてもらおうと思ってきてもらったのに、あなたたちの言葉で、皆が不安に陥《おちい》ってしまったではないですか」

「すみません。皆さんを不安にさせるつもりはありませんでした。ぼくは自分の見たことだけを語りましたが、それは自分たちだけの特殊な状況だったのかもしれません」

その言葉でカエルたちはようやく静まりました。

「多分そうでしょう」マイクは満足そうに言いました。「この世界は平和にできています。平和が壊れるのは、平和を望まない心があるからです。ダルマガエルとアマガエルとの争いも、ダルマガエルだけが悪いのではありません。あなたたちにも非はあったはずです。この国で是非それを学んでいってもらいたいと思います」

それから集まったカエルたちの方に向かって言いました。

「みんなもソクラテスたちを温かく迎え入れてやってほしい。カエルの友はカエルです」

するとカエルたちは歓声を上げて、「カエルの友はカエルだ！」と唱和し、ソクラテスたちに対して「ようこそ、ナパージュへ」と笑顔で言いました。

ソクラテスはさっきまで罵声を浴びせていたツチガエルたちの突然の変化に戸惑いながらも、彼らに向かって一礼しました。

「それではもう嫌な話は忘れて、お待ちかねの歌に参りましょう。今日も楽しくやりましょう」

ツチガエルたちはその日一番の歓声を上げました。中央に歌をうたうカエルが出てくると、もう誰もソクラテスたちには見向きもしませんでした。


ソクラテスとロベルトはそっとお祭り広場から離れました。

雨の中、水辺を歩いていると、後ろから名前を呼ばれました。振り返ると背の高いひょろりとした若いツチガエルが立っていました。

「ぼくの名前はハインツといいます。さっきの話を詳しく聞かせてほしいのです」

「ぼくたちの見たものなどたいしたものじゃない」

「ぼくはこの崖の上で生まれて、ずっとここを出たことがありません。だから、外の世界のことを知りたいのです」

「ぼくたちの話を信じてくれるなら、話してもいいよ」

「信じます」

「それなら喋《しゃべ》るよ」

ソクラテスとロベルトは草むらに腰をおろしました。ハインツも同じように座りました。

ソクラテスは生まれた国を離れて、この国にたどりつくまでの物語を話しました。

ハインツは一言も口を挟まず、じっとソクラテスの話に耳を傾けていました。

ソクラテスが話し終えると、ハインツはため息をつきました。

「やっぱり世界はそんなに恐ろしいところだったんですね。噂には聞いていましたが、あらためて聞くと、びっくりしました」

「びっくりしているのはぼくたちの方だよ。どうしてこの国はこんなに平和なんだ」

「それは、ぼくらが平和を愛するカエルだからだと思います」

同じセリフをローラも言っていたことをソクラテスは思い出しました。

「平和を愛するって——それだけで、敵がこなくなるのか？」

ロベルトが訊きました。

「ナパージュには『三戒《さんかい》』があるのを知らないのですか」

「『三戒』って何だい？」

「ナパージュのカエルたちが生まれた時から戒《いまし》めにしているもので、三つあるから三戒と呼ばれています。遠い祖先が作ったもので、ぼくらはこれをずっと守り続けています」

「それはどういうもの？」

「一つ目は『カエルを信じろ』。二つ目は『カエルと争うな』。三つ目は『争うための力を持つな』。この三つがぼくらの三戒です」

「カエルを信じろって——要するに他の種類のカエルも信じるということか」

「そういうことです」

「ダルマガエルも、ヒキガエルも？」

ハインツはうなずきました。

「そうです。カエルと名の付くものはすべて」

「カエルにもいろいろいるんだぞ。残虐《ざんぎゃく》なカエルもいるし、他のカエルを食うのもいる」

「そこだけがどうも信じられないんです」

ハインツは不審そうな顔をしました。

「本当だよ。だから、ぼくたちは国を追われてきた」

「争いは、理由があるから起こるんじゃないですか。つまり——どちらかが一方的に悪いとは言えないんじゃないですか」

ソクラテスはそのことで彼と議論するのはやめました。そこで、「二つ目の『カエルと争うな』というのはどういう意味？」と訊ねました。

「文字通りの意味です。他のカエルたちとは争わないということです」

「もし、襲われたらどうするんだ？」

とロベルトが口を挟みました。

「襲われるなんてことはありません」

「どうして？」

「どうしてって——三戒が誕生してから、この国は一度も他のカエルたちに襲われたことがないんです。一度もです。これは三戒のお蔭《かげ》以外のなにものでもありません」

ソクラテスは何かおかしいと思いましたが、ロベルトはハインツの言葉に感心したようにうなずいていました。

「もし襲われたら、どうするの？」とソクラテスはもう一度訊きました。

「襲われたって争いにはなりません」

「どうして？」

「ぼくらが争わなければ、争いにはならないからです」

ソクラテスはハインツが何を言っているのかわかりませんでした。

「たしかに争わなければ争いにはならないだろうけど、襲われたら、どうやって身を守るんだい？」

「ですから――」ハインツは呆《あき》れたような顔をしました。「襲われないんですから、そんな話をしてもしかたがないでしょう。この国は三戒が誕生してから、一度だって他のカエルに襲われていないんですから」

「それって、たまたまじゃないのか」

「あなたはたまたまで平和が長く続くと思いますか？　いいですか、この平和はぼくらの三戒のお蔭なんです。それ以外にはないんです」

言われてみればそうかもしれないとソクラテスは思いながら、でも何かが違うような気がしました。ただ、それを上手《うま》く言葉にすることができませんでした。

ハインツは言いました。

「三つ目の『争うための力を持つな』も、その精神で作られたのです。争う必要がないから、そんなものは必要ないんです。ぼくらは生まれながらにして、体に小さな毒《どく》腺《せん》があります。でも、こどものころにその毒腺をつぶしてしまうんですよ」

ソクラテスは驚きました。

「そんなことまでしてるの？　そんなカエルは、世界のどこにもいないぞ」

「やっぱりそうなんですね」ハインツは残念そうにため息をつきました。「毒なんか持ってるから争いが起こるのに」

「毒を捨てたら争いが起こらなくなるのかい？」

「それは当然そうなるでしょう。ナパージュに三戒が生まれた時は、みんな『そんな戒めで大丈夫なのか』と疑問を持ったといいます。でも、時が三戒の正しさを証明したんです。三戒のお蔭で、すべての争いは消えたのです」

「本当に一度も争いがないの？」

ハインツは大きくうなずいてから、胸を張って言いました。

「はい。これはすべてのカエルたちが戴《いただ》くべき教えだと思います。もし、すべてのカエルたちがぼくらの三戒を守れば、世界は永久に平和になるでしょう」

ハインツが去った後、ロベルトが「すごい！」と声を上げました。

「なにがすごいんだ？」

「何がって、ソクラテスはわからないのか。この国の教えだよ。この国が長く平和でいられたのは、三戒のお蔭だったんだ！」

「そうなのかなあ」

「そうに決まってるじゃないか。この国のカエルたちを見ただろう。俺たちみたいなよそもののアマガエルに対して、警戒するどころか、親切にエサ場まで教えてくれる。これまでこんなカエルに出会ったことがあるか」

ソクラテスは「ないな」と答えました。

「だろう。これって、三戒の一つ目、『カエルを信じろ』だよ」

「でも、カエルを信じるだけで、本当に争いが起こらないものだろうか」

「現実にこの国では起こっていない」

「だったら、ぼくたちの国ではどうだった？　ぼくたちは何もしていないのに、ある日突然、ダルマガエルたちに国を乗っ取られたじゃないか」

「あれはもしかしたら、俺たちに原因があったのかもしれない。俺たちのダルマガエルを憎む心が、争いを生んだのかもしれない」

「ダルマガエルを憎んだのは、彼らがぼくたちを食べたからだ。憎むのは当然だよ」

「それがよくないんじゃないか。俺たちの憎しみがダルマガエルたちをさらに怒らせたのかもしれない。そのせいで争いが一層大きくなったんじゃないか」

「あれを争いって言えるのか。ぼくたちが一方的に食べられただけだぞ」

ロベルトは一瞬言葉に詰まりましたが、すぐに言い返しました。

「でも、ナパージュでは実際に争いが起こっていない」

「それはロベルトの言う通りだ。この国には争いがない。もしかしたら三戒には、ぼくたちがまだ理解できない深い意味があるのかもしれない」

「きっとそうだよ」

「ロベルト、ぼくはこの国の良いところを学んで、生まれた国に戻ろうと思う。そうしてすべての争いをなくしたい。ぼくたちの生まれた国を平和な国にするんだ」

ソクラテスの言葉に、ロベルトは大きくうなずきました。

3

翌日、雨は上がり、頭上には熱い夏の太陽が昇りました。

ソクラテスたちは日差しを避《よ》けながらナパージュの国をあちこち見て回りました。ナパージュは国全体が崖の上にありました。崖は険しく、大きなカエルでも簡単にはよじ登ってこられそうにありません。二匹がナパージュに辿りつけたのは、あらためて奇跡的なことのように思えました。

崖の上から北の方に目をやると、赤茶けた荒地が見えました。西には広い草地、東には鬱蒼とした森が見えました。ソクラテスたちはこの森を抜けてやってきたのです。

崖の南側には巨大な沼が広がっているのが見えました。沼の水はどす黒く汚れ、臭《にお》いが崖の上まで漂ってきていました。

「気持ちの悪い沼だな」

ロベルトは呟《つぶや》きました。

すると、近くにいた年老いたツチガエルがその言葉を聞きつけて答えました。

「あれはウシガエルの沼だよ。沼の中には何百匹というウシガエルが棲んでいる」

「ウシガエルだって！」ロベルトは叫びました。「あらゆるカエルを飲みこむ巨大で凶悪なカエルじゃないか」

年老いたツチガエルはうなずきました。

「ナパージュのすぐ近くに、そんな恐ろしいカエルがいたなんて」

でも、年老いたツチガエルはこれといって怖がる素振《そぶ》りも見せません。

「あそこが見えるかね」

ツチガエルは沼の中ほどにある小さな島を指さしました。ソクラテスとロベルトが見ると、その島はゆっくりと動いていました。

「島が動いている！」

「もっとよく見ることだ」

目を凝らすと、それは島ではなく、何百匹というウシガエルたちのかたまりでした。

ソクラテスたちは思わず息を呑《の》みました。

「おそらくエサ場に集まっているんだろう。あいつらは何でも食う」

「ものすごい数です。もし、あんなのがここに押し寄せたらひとたまりもないんじゃないですか」

ソクラテスが言うと、年老いたツチガエルは平然とした顔で答えました。

「そんなことは起こらんよ。ナパージュには、三戒があるんでな」

「なるほど！」

ロベルトは嬉《うれ》しそうな顔をしました。

「ソクラテス、聞いたか。やはり、このナパージュは三戒で守られているんだよ」

「うーん」

ソクラテスは唸《うな》りながら足元の崖《がけ》を見ました。崖は鋭い岩でできていますが、ウシガエルなら登れないことはないように見えました。もし群れでよじ登ってきたら、とてもツチガエルたちが追い払うことはできないだろうと思いました。

年老いたツチガエルはソクラテスの不安そうな顔を見て言いました。

「わしらが平和でいられるのは三戒のお蔭にほかならない。それ以外にない」

「下の沼地にはウシガエルしかいないのですか」

ソクラテスは年老いたツチガエルに訊《き》きました。

「いいや、他のカエルたちもたくさんおるよ」

「彼らはウシガエルの沼の中にいて、無事に暮らしているんですか？」

「毎日、ウシガエルたちに食べられておるよ。風のない日は、ときどき彼らの悲鳴がここまで聞こえてくる」

ソクラテスはぞっとしました。

「助けてやろうとは思わないんですか？」

「助ける？　どうやって？　それにわしらには関係ないことだ。余計なことをしてウシガエルを怒らせたりしたら、いいことはなにもない。ナパージュのカエルは、他のカエルたちの騒動には関わらないのだ」

ソクラテスはもう一度崖の上から沼を眺めました。眼下に広がる巨大な黒い沼は、何とも不気味なものに映りました。あの沼に恐ろしいウシガエルが何百匹も棲《す》んでいて、毎日のように同じカエルたちを食べているのだと思うと、背筋が寒くなりました。

そのとき、ロベルトが叫びました。

「あそこにウシガエルがいる！」

見ると、崖の中腹あたりに一匹のウシガエルがへばりついているのが見えました。でも、ツチガエルはさして気にする様子もありません。

「近頃は、ウシガエルがちょくちょく崖の途中まで上がってきよる」

「大丈夫なんですか。もし、ここまで上がってきたら――」

「心配はいらん。あいつらはどうせ途中までしか上がってこない」

「どうして途中までしか上がってこないのですか？」

「三戒があるからだ」

年老いたツチガエルは、何度同じことを言わせるのだというようなうんざりした顔で答えました。そしてこれ以上ソクラテスたちの相手をするのに飽きたのか、やってきたハエを追いかけてどこかへ跳んでいってしまいました。

「やっぱり三戒の力はすごいよ」

ロベルトは感心したように言いました。ソクラテスはそれには答えず、もう一度崖の中腹あたりで蠢《うごめ》くウシガエルに目をやりました。ウシガエルたちがこれ以上登ってこないということは、やはり「三戒」のお蔭なのだろうか――。そう考えると、ソクラテスも「三戒」の不思議な力を信じる気になりました。

「俺はこの三戒を国の仲間たちに教えたい！」ロベルトは叫ぶように言いました。

ソクラテスはうなずきましたが、「三戒」を生まれ故郷に持ち帰るだけでなく、世界中に広めればもっと素晴らしいのではないかと考えていました。すべてのカエルが互いを信じ、一切の争いごとを捨て去れば、世界はきっと変わるに違いありません。ソクラテスはそれを想像すると、陶然《とうぜん》とした気持ちになりました。

「ああ、一刻も早く国に戻りたい！」ロベルトは言いました。

「うん、一緒に帰ろう。でも、そのためにはまず足をすっかり治すことだな」

ロベルトは歩く時にまだ少し足を引きずっていました。この足では、国に戻る厳しい旅をするのは難しいでしょう。

ロベルトは悔しがっていましたが、ソクラテスはその時間を使ってゆっくりとナパージュの国を見てみようと思いました。「三戒」以外にもナパージュの国の素晴らしさはいくつもあるはずだ。それらを世界に広めれば、世界中が「カエルの楽園」になる――。

ソクラテスとロベルトが崖のふちから池に戻る途中、昨日のシロツメクサのお祭り広場から楽しげな歌声が聞こえてきました。

覗《のぞ》くと、中央のぽっかり空いたところで、三匹の若いメスガエルが踊っていました。

それを大勢のツチガエルが楽しそうに眺めています。

踊りが終わると、今度はオスのツチガエルが何匹か現れて、愚《ぐ》にもつかないおかしなことを喋り、集まったカエルたちを笑わせました。ソクラテスも彼らの滑稽《こっけい》な話につい笑ってしまいました。

あらためてここは平和な国なのだと思いました。南の崖の下に恐ろしいウシガエルが大量にいるのに、ここにいると、そんなことはまるで別世界の出来事のように思えてきます。

しばらくすると、中央にマイクが現れました。昨日、ソクラテスたちをみんなに紹介してくれたカエルです。

「さあ、皆さん、今日もわたしたちの歌を歌おうではありませんか」

マイクはそう言って歌い出しました。集まったカエルたちもそれに合わせて一斉に歌いました。ソクラテスはその歌にじっと耳を傾けました。

我々は、生まれながらに罪深きカエル
すべての罪は、我らにあり
さあ、今こそみんなで謝ろう

「なんだか変わった歌だな」

ロベルトが言いました。ソクラテスも「そうだな」と言いました。

たしかに、それは今までこの広場で聞いていた楽しい歌とは違い、陰気でしめっぽい歌でした。でもカエルたちは同じ歌を何度も繰り返し歌っています。

「何かに謝っているみたいだな。でも、何に謝っているんだろう」

ロベルトが言ったとき、ソクラテスは歌っているカエルの中にローラを見つけました。

声をかけるとローラは振り返りました。

「あら、おととい出会ったアマガエルさんたちね」

「ローラ、この歌は何？」

「『謝りソング』よ」

「『謝りソング』って何だい？」

「あたしたちの罪を謝ることによって、世界の平和を願っているのよ」

「誰に謝っているの？」

「知らないわ」

その答えはソクラテスを驚かせました。

「知らないのに謝るって変じゃないのか」

「そうかしら？」

「そうだよ」

ローラは納得できないという顔をしました。

「謝るというのは、誰かに悪いことをしたときだよ」

ローラはしばらく考えていましたが、急に明るい顔をして、「思い出したわ！」と言いました。

「たしか、原罪《げんざい》について謝っていると聞いたことがある」

「原罪って何？」

ロベルトの質問に、ローラはまた考え込んでしまいました。でも思い出すことができず、隣で歌っていたメスのツチガエルに訊ねました。

「ねえねえ、『謝りソング』の原罪ってなんだったっけ？」

訊かれたツチガエルは歌うのをやめて、少し考えてから答えました。

「よく覚えていないけど、わたしたちの遠い祖先が過去に犯した過《あやま》ちじゃなかったた？」

「過去に犯した過ちとは何ですか？」

ソクラテスが訊ねました。

「よく知りません」

「よく知らないのに謝るって、おかしくないですか」

「別におかしくないわ。わたしたちは自分たちの原罪について謝っているのよ。カエルはすべて原罪というのを持って生まれてくるの。それともアマガエルには原罪はないの？」

そう訊かれても、ソクラテスには「原罪」の意味がわかりませんでした。

メスのツチガエルは呆れたような顔をして、再び広場の方を向いて歌い出しました。

「せっかく説明してもらっても、ぼくには全然意味がわからないよ」

ソクラテスが言うと、ローラは答えました。

「あなたたちは余計なことを考えすぎるのよ。きっと頭の中であれこれこねくりまわしているのね。いいこと？　謝ることで争いを避けることができるのよ。あたしたちはこの歌を歌いながら、平和を願っているの。これは祈りの歌でもあるのよ」

「祈りの歌――？」

「『謝りソング』は三戒ができたと同時に生まれたと聞いているわ。あたしたちにとっては、三戒と同じくらい大切な歌なのよ」

ロベルトが「すごい！」と声を上げました。それはソクラテスも驚くほどの大声でした。

「ソクラテス、これまでこんな素晴らしい国を見たことがあったか。この国には最高の思想と哲学がある。国中のカエルが皆、常に平和を願っている。自分たちの幸せじゃなくて、世界のカエルの幸せを願っている。こんなカエルは世界中どこにもいないよ。世界がこの思想を学べば、この世からすべての争いが消える」

ソクラテスは曖昧にうなずきました。彼はそのことよりも、さっきのツチガエルが言っていた「遠い過去の過ち」という言葉が気になっていたのです。それでそのことをローラに訊ねました。

「ローラも過去の過ちについては何も知らないの？」

「よく知らないわ」

ローラはそう言いましたが、すぐにあることを思い出したようでした。

「そうだ、ナポレオン岩場があるわ」

「それは何？」

「ついてきて」

ローラはそう言って歩き出しました。ソクラテスとロベルトはその後に続きました。

三匹は葦《あし》の茂みを抜けて、小さな川沿いの道をしばらく歩きました。するとやがて大きな岩が見えてきました。岩の下にはびっしりと苔《こけ》が生えていました。

そこには何匹かのツチガエルがいて、岩の前には小さなハゼランの花が供えられていました。

「ここがナポレオン岩場よ」

「どういう場所なの？」

「大昔、ここでツチガエルたちが何百匹も殺されたの」

「えっ」

「ツチガエルたちは、あるものは腹に穴をあけられて、あるものは生きたまま皮を剝《は》がれて、苦しみ抜いて死んだと言われているわ」

ロベルトが「ひどい――」と呟きました。

「誰がやったの？」ソクラテスは訊ねました。

「よく知らないわ」

ソクラテスは岩の前にいたツチガエルのグループにも同じ質問をしました。するとそのカエルたちも知らないと答えました。

「この国のカエルたちは三戒については詳しいのに、昔のことになると、知らないことばかりだね」

ソクラテスがローラにそう言うと、岩場にいた見知らぬツチガエルが突然、「あんたは何が言いたいのだ」と声をかけてきました。

「あんたたちは旅のアマガエルさんだね。やたらと何でも聞きたがるけど、昔のことなんかを知ってどんな意味があるというのだ。ナポレオン岩場でツチガエルを殺した相手がわかれば、何かいいことがあるのか。わたしたちに復讐《ふくしゅう》しろというつもりなのか？　復讐は何かいいことを生みだしてくれるのか？」

「いや、ぼくはそんなつもりで言ったんじゃないんです。ただ、そんな過去があったと聞いたので、どんな出来事だったのか気になっただけなんです」

「ならいいが、誰が誰にどんなことをしたのかということよりも、もっと大切なことは、二度とこんなことが起こらないように願うことじゃないかね？」

「その通りですね。大切なのは今ですね。ぼくの言い方が悪かったです。ごめんなさい」

するとツチガエルはにっこり笑って、「いや、こちらの言い方も悪かった」と言いました。それを見てローラも微笑《ほほえ》みました。

「ね、謝れば争いは起こらないでしょう」

ソクラテスは苦笑いしました。

「旅の方、ここを見てほしい」

ツチガエルはそう言って岩場の下に置かれた石を指差しました。そこには『ごめんなさい』という文字が刻《きざ》まれていました。

「これは誰が謝っているのですか？」

「わたしたちだ」

「誰に向かって謝っているのですか？」

「ナポレオン岩場で殺されたカエルたちに謝っているのだ」

「ナポレオン岩場でツチガエルを殺したのは、この国のツチガエルじゃないんでしょう。それなのに、どうしてツチガエルがツチガエルに謝っているのですか？」

「どうしてって――わたしたちのせいでこうなったからだ。昔、わたしたちの祖先が悪いことをしたのだ。それでナポレオン岩場でたくさんのカエルたちが殺された。この石は、二度とそういうことが起こらないようにという思いを込めて、犠牲になったカエルたちに

謝っているのだ」

ソクラテスは、なるほどと思いました。そして、あらためてナパージュの民の優しい心と自らの非を悔い改めようとする敬虔《けいけん》な心に感銘《かんめい》を受けました。

4

ナポレオン岩場でローラと別れて池の近くに戻ったソクラテスとロベルトは、岩場で見たことを話し合いました。

「やっぱり、この国のカエルたちの考え方は尊敬に値《あたい》する」

ロベルトの言葉に、ソクラテスは答えました。

「たしかに、そうだ。不思議な考え方だけど、魅力的ではある」

「魅力的ではある、だって？　そんなものじゃないだろう。俺はカエルの思想の究極に行き着いたものだと思う。ソクラテスもそう思わないか」

「いや、少し待ってくれ。ぼくにはまだこの考え方は深すぎて、すぐにはついていけないんだ」

「何を言ってるんだ。目の前にこんな素晴らしい実例があるのに、まだ理解できないなんて――。『謝りソング』はお前も聞いただろう。原罪を背負い、すべてのものに向かって謝り、祈るというのは、もはや思想を超えた美とも言えるものだよ。しかも美しいだけじゃない。それを確固としたものにする力がある。それが三戒だ。お前も南の崖を見たじゃないか。あのウシガエルが崖を登るのを諦《あきら》めたんだぜ。あれが三戒の力でなくて何だ」

「三戒の素晴らしさはぼくも認めるよ。でも、ウシガエルが崖を登ってこないのは、本当に三戒のお蔭だろうか」

「ほかに何があるって言うんだ？」

そう言われると、ソクラテスには何も答えられませんでした。

「とにかく、この国は何もかも素晴らしいんだよ！　水も草も、考え方も。そして優しくて美しいメスガエル！　ナパージュ、万歳だ！」

ロベルトは大きな声でそう言いました。

その時、二匹を馬鹿《ばか》にしたような笑い声が頭上から聞こえました。

見上げると、池の近くに立っている木の枝の上に、一匹の若いツチガエルがいました。カエルは枝からソクラテスたちのところに跳び下りてきました。

「ナパージュが素晴らしい国だって？」

「ああ、そう言ったよ。国だけじゃなく、ナパージュのカエルたちも素晴らしい」

そのカエルは、ふん、と鼻で笑いました。

「お前たちはよそものだな。ナパージュのカエルたちのことを何も知らない」

「そんなことはない。この国のカエルたちは皆優しくて親切だ」

ロベルトが言いました。

「そう見えるとしたら、お前たちの目は節穴《ふしあな》だな」若いカエルは嘲笑《あざわら》うように言いました。「お前たちがそう思ったとすれば、あいつらが本性を見せていないからだ。ナパージュのカエルは、本当はすごく凶暴で残虐なカエルなんだ」

「嘘だ」

「嘘じゃない。お前たちが見てきた一番残虐なカエルよりもさらに残虐なカエルが、ナパージュのカエルだ」

「さっきからあなたの言ってることは謙遜《けんそん》ですか、それとも照れ隠しですか？」

ソクラテスは言いました。

「謙遜？　どうして俺様がそんなことをする必要がある？」

「だって、自分たちのことをひどく悪く言っているから」

そのカエルは笑いました。

「俺様はツチガエルじゃないぜ」

よく見ると、ツチガエルに似てはいましたが、体の色が少し違います。

「俺様はヌマガエルのピエールだ。ツチガエルとは違う」

「よく似ていたから間違えたよ」

ロベルトの言葉にピエールは突然怒り出しました。

「あの不細工なツチガエルに似ているだと！　よく見ろ。全然違うじゃないか。あんな劣等ガエルと俺様は似ても似つかない。もう一度言ったら、ただじゃおかないからな」

ロベルトはその勢いに押され、「すまなかった」と謝りました。

「ふん、ツチガエルみたいに謝れば許して貰《もら》えると思っているんだろうが、俺様は許さんぞ。お前が言ったことをいつまでも忘れない。絶対に許さないから覚えておけ。それからもう一つ言っておく。俺様の国はエンエンという国だ。エンエンは世界で最も偉大な国だ。極楽のような国だ。お前たちもいつか行ってみるといい。ナパージュなんか足元にも及ばない素晴らしいところだから」

ピエールはそう言うと、腹を膨《ふく》らませて去っていきました。

「驚いたな。ツチガエルと間違えただけで、あんなに怒るなんて」

ロベルトが苦笑いして言いました。

「ああ、よく似ていたけど、違うカエルなんだな。ピエールにしてみれば、似ていると言われるのがよほど嫌なんだろう。それにナパージュという国もツチガエルのこともひどく憎んでいるみたいだった」

「でも、そうだとしたら、ピエールはどうしてこの国にいるんだ？」

「たまたま立ち寄っただけじゃないか」

「エンエンという国がナパージュ以上に素晴らしい国なら、是非そこに行ってみたいな」

「うん」

ソクラテスはそう答えましたが、エンエンという国のことよりも、ピエールが言っていた「ナパージュのカエルは残虐なカエル」という言葉が気になっていました。それでそのことをロベルトに話しました。

「そういえばローラたちも、かつて自分たちの祖先が過ちを犯した、という話をしていたな」とロベルトは言いました。

「そうなんだ。それに、『謝りソング』やナポレオン岩場のこともある」

「ソクラテス、どうやらこの国には何か秘密がありそうだな」

「もしかしたら、かつてとんでもなく恐ろしいことが行なわれていたのかもしれない。

そしてツチガエルたちはそのことを謝り続けているんだ」

ソクラテスは、もしかしたら「三戒」の謎《なぞ》もそこにあるのかもしれないと思いました。

「調べてみる必要があるな」

ロベルトの言葉に、ソクラテスはうなずきました。

「誰に訊《たず》ねるのがいいだろう」

「ハインツはどうだ？ 彼なら何か知っているかもしれない」

二匹のアマガエルは早速、ハインツを捜しました。池のふちにいたツチガエルたちに訊くと、ハインツはクヌギの林の中にいるとわかりました。

そこにいくと、すぐにハインツが見つかりました。

「ソクラテスさんとロベルトさんですね。どうかしましたか」

ソクラテスはピエールというヌマガエルに出会った話をしました。するとハインツは答えました。

「たしかにピエールはツチガエルじゃありません。でも彼らはぼくらによく似ています。よそから来たカエルには見分けがつかないでしょうね」

「ええ。でも、ピエールはエンエンという国のカエルだと言っていた」

「えっ、そうなの」

「ピエールはナパージュで生まれて、ナパージュで育ったカエルです」

「ピエールのお父さんもお母さんも、ナパージュで生まれてナパージュで育ちました。そのお父さんとお母さんも、ナパージュで生まれてナパージュで育ちました。そのお父さんとお母さんも――」

「もういいよ。つまりピエールの一族は長いことナパージュで暮らしているんだな」

「そういうことです」

ソクラテスとロベルトは顔を見合わせました。

「それって、どういうことなの？　なぜピエールたちはエンエンに帰らないで、ナパージュで暮らしているの。ピエールは、エンエンはナパージュよりもずっと素晴らしい国だと言っていた」

ハインツは、わからない、というふうに黙って両手を広げて見せました。

ソクラテスは話題を変えました。

「ピエールはナパージュのカエルは凶暴で残虐なカエルだと言っていたよ」

ハインツは少し表情を暗くしました。

「ピエールだけでなく、エンエンのカエルたちはずっとそう言っています」

「それは本当なの？」

ハインツは少し言いにくそうに、「皆は本当のことだと言っています」と答えました。

「どんな残虐なことをしたの」

「ずっとずっと昔のことだと聞いています。ぼくらの祖先が——ヌマガエルのこどもたちをたくさん食べたということです。それからヌマガエルを奴隷《どれい》にしたと。ナパージュにいるヌマガエルたちはその子孫だということです」

ソクラテスとロベルトは驚きました。

「それはたしかなことなの？」

「ぼくは見ていません。昔のことですから。でも、おとなたちは皆、本当のことだと言っています」

「俄《にわ》かには信じられないな。だって、俺たちが出会ったナパージュのカエルは皆とても心優しいカエルたちばかりだった。そんなことをするとは思えない」

ハインツも泣きそうな顔をしました。

「ぼくだって本当は信じたくはありません。ぼくらの遠い祖先がそんな残虐なことをしてきたなんて――。でも、デイブレイクは絶対に間違いないと言っています」

「デイブレイクって？」

「この国で一番の物知りです。毎日、朝と夜に、ハスの沼地で皆を集めて、いろんなことを教えてくれます」

「その話を聞きに行きたいな」

「もうすぐ陽《ひ》が暮れます。ご案内しましょうか」

5

夜、ソクラテスとロベルトはハインツと一緒にハスの沼地に行きました。

泥だらけの浅い沼の周囲にはすでに多くのツチガエルたちが集まっていました。沼の中に入っているカエルも何匹もいました。

やがて一番大きなハスの葉に、でっぷりと太った一匹のツチガエルが飛び乗りました。

「あれがデイブレイクです」

ハインツが隣で囁《ささや》きました。

「紳士ならびに淑女《しゅくじょ》の皆様」

デイブレイクは集まったカエルたちに向かって語りかけました。

「本日もわたくしの話を聞きにお集まりいただき、感謝至極《しごく》であります」

ハスの葉を取り囲んだカエルたちが拍手をしました。

「しかしながら、今夜もまた悲しいお話をしなければなりません」

デイブレイクはそう言って大仰《おおぎょう》に顔をしかめて見せました。

「この国はますます悪くなっていきます。食べ物はどんどん少なくなり、我々の生活はさらに苦しくなっています。世界でも下から数えた方がいいくらいのひどさです」

集まったカエルたちは一斉に「そうだ、そうだ、その通り！」と言いました。

ソクラテスはそれを聞いて驚きました。旅で多くの国を見てきたソクラテスには、この国のカエルたちの暮らしが安全で豊かなものに見えていたからです。

「いったいなぜ、こんなひどい国になってしまったのでしょうか」

デイブレイクはカエルたちに問いかけました。

カエルたちは答えられません。皆、静まり返ってデイブレイクの次の言葉を待っています。デイブレイクはわざとらしい咳払《せきばら》いをひとつしてから言いました。

「それは――わたしたちが急速に謝りの心を失ったからに他なりません」

カエルたちの間で拍手が起こりました。

「近頃、若いカエルたちが謝りの心を失いつつあります。噂《うわさ》では、もう謝る必要はないと言い出すものまで出てきているといいます。そのせいで、最近、ナパージュという国の美しさが揺らいできているのです」

集まったカエルたちに動揺が走りました。

「それだけではありません。わたしたちが謝りの心を失いつつあることによって、ナパージュを取り巻く近隣の国のカエルたちが怒っています。これまで周囲のカエルたちと仲良くやってきたのが、危うくなってきているのです。このままでは、ナパージュの平和が危ぶまれるのは必定《ひつじょう》です」

演説を聞くカエルたちの顔に不安の色が浮かびました。

デイブレイクはそんな彼らに向かって問いかけました。

「わたしたちはどうすべきだと思われますか？」

カエルたちから一斉に「謝るべきだ！」という声が起こりました。デイブレイクは満足そうにうなずくと、「その通りです」と甲高い声を上げました。

「今こそ、『謝りソング』が必要なのです。さあ、一緒に歌おうではありませんか」

デイブレイクの声に合わせて、カエルたちの合唱が始まりました。

我々は、生まれながらに罪深きカエル
すべての罪は、我らにあり
さあ、今こそみんなで謝ろう

ソクラテスはここでも「謝りソング」が歌われていることに驚きました。

ハスの葉の上に乗ったデイブレイクはその合唱を満足そうに聞いていました。そして歌が終わると、「解散！」と言いました。カエルたちはばらばらに散っていきました。

ソクラテスは、ハスの葉から降りたデイブレイクに声をかけました。

「デイブレイクさん、少しお話を聞かせていただけませんか」

「あなたがたは最近、この国にやってきたというアマガエルですね。わたくしに何を訊きたいのでしょう」

「ナパージュの歴史についてです」

「ナパージュの歴史は暗く嫌なものです。血塗られた歴史と言えましょう」

デイブレイクはそう言って顔をしかめました。

「ずっと平和な国だったのではないのですか」

「とんでもありません！　悲しいことに、ナパージュのカエルほど残虐《ざんぎゃく》なカエルはいないのです」

デイブレイクはピエールと同じことを言いました。

「かつてナパージュのカエルたちは、周辺のカエルの国を奪《うば》い、大勢のカエルたちを虐殺しました。そのことを思うと、わたくしは怒りで胸が張り裂けそうになります」

「ナパージュのカエルたちは、なぜそんなことをしたのですか」

「王の命令です」

「その王はどうなりましたか」

「退位させられました。その後、王家は名ばかりのものとなり、ナパージュは元老たちが運営するようになりました」

「じゃあ、今は平和な国になったのですね」

ロベルトの質問に、デイブレイクは首を横に振って大きなため息をつきました。

「少しも平和になどなっていません。それは見せかけの安穏《あんのん》です。ナパージュのカエルたちを放っておくと、また周辺のカエルたちに争いをしかけるようになります。ナパージュのカエルの本性はそういうものなのです。ですから、わたくしが毎日こうして集会で、みんなの考えが正しい方向に行くように指導しているのです」

ソクラテスは驚きました。ピエールが言っていたように、ナパージュのカエルたちの本質は凶暴なカエルだったのです。それを抑えているのが「三戒」であり、「謝りソング」だったのです。

デイブレイクはぶよぶよした大きなお腹《なか》を突き出すようにして言いました。

「もし、わたくしがいなければ、ナパージュのカエルたちは再び周辺のカエルたちを殺しに行くでしょう。哀れなことに、彼らは自分たちのことを何も知らないのです。彼らを自由にさせれば、どんどん残虐なカエルになっていってしまいます。わたくしがこうして毎日、朝と夜に『正しく生きる道』を説いているからこそ、彼らは何とか悪い行いをせずに生きています。もしわたくしが倒れれば、この国はどうなるか――それを考えると、心休まる時はありません」

デイブレイクは言いながら涙を流しました。ソクラテスはデイブレイクの真摯《しんし》な態度に心を打たれました。

「でも、この国を治めている元老たちがいるでしょう。彼らがこの国を指導していけば、悪いことにはならないんじゃないでしょうか」

ソクラテスが訊ねると、デイブレイクは急に泣くのをやめて、怒った顔で言いました。

「元老たちは間抜けばかりです。彼らは偉そうにしていますが、実際のところ何も知りません。ですからわたくしが常に監視しているのです」

「デイブレイクさんが監視しているのですか」

「そうです。わたくしが見張っているから、彼らは無茶ができません。元老たちにとって、最も恐ろしい存在がこのわたくし、すなわちデイブレイクなのです」

「すごい！」とロベルトが声を上げました。「すると、この国で一番力を持っているのはデイブレイクさんじゃないですか」

「いやいや、わたくしには力など少しもありません」

そう言いながら、デイブレイクはずいぶん嬉しそうでした。

「力はありませんが、ナパージュのカエルたちの心を摑《つか》んでいます。元老はカエルたちによって選ばれますが、カエルたちに誰を選べばいいのか教えるのはわたくしです」

「ひとつ聞かせてください」ソクラテスは言いました。「さきほどナパージュのカエルたちの本性は残虐だとおっしゃいましたが、すると、デイブレイクさん、あなたの中にもそういう血が流れているということでしょうか」

デイブレイクは一瞬言葉に詰まりました。でも、すぐに笑顔をつくってこう言いました。

「正しいことを知ったカエルはそうはなりません。自らを戒め、律《りっ》することができるからです。だからこそ、わたくしはカエルたちに教えているというわけです」

「何を教えているのですか？」

「過去に自分たちの祖先がいかにひどいことをしてきたかということを、繰り返し教えています。自分たちには残虐な血が流れているということを、繰り返し自覚させています。自分の本質は悪いカエルであるということを知れば、カエルは悪いことをしません」

ソクラテスは、本当にそうなのかな、と思いました。でも、それは口にしませんでした。

「もういいでしょうか。わたくしは朝が早いのです。そろそろ休まねばなりません」

「ありがとうございました」

ソクラテスたちは礼を言いました。

「あなたがたも賢いカエルになりたければ、毎日、ハスの沼に来られるとよいでしょう」

デイブレイクはそう言うと、大きなお腹を抱えて茂みの中に去っていきました。

「立派なカエルだな」

ロベルトが感心したように言いました。

「その通りです」とハインツが答えました。「本当にこの国のカエルのことを思って頑張っています。それでいて、少しも偉ぶらない。いろんなことを知っていて、明日の天気まで教えてくれるんです」

「本当に何でも知っているんだな」

ロベルトはそう言いましたが、ソクラテスはすぐには同意できませんでした。というのも、デイブレイクが言っていた「ナパージュは下から数えた方がいいくらいの国」という言葉がずっとひっかかっていたからです。故郷を出て様々な国を見てきたソクラテスには、その言葉だけはどうしても真実とは思えなかったのです。

「デイブレイクがいなければ、ぼくらはバカのままだったかもしれません。彼がぼくらを正しい道に導いてくれたのです」

ハインツがそう言うと、暗闇《くらやみ》から「それは違うぞ」という声が聞こえました。声のした方を向くと、草むらの陰から一匹の薄汚れた老ツチガエルが姿を現しました。

「デイブレイクが言っていることで本当なのは、明日の天気くらいだ。だが、それさえ、しばしば間違う」

老ガエルはそう言って大きな声で笑いました。

ハインツがソクラテスの耳元に口を寄せ、「こいつの言うことを聞いてはいけません」と囁きました。

「このカエルはハンドレッドというとんでもない奴《やつ》です。年中、他のカエルの悪口やら、滅茶苦茶《めちゃくちゃ》なでたらめを言いまくっている奴です。ナパージュ一の嫌われものです」

ハンドレッドがその言葉を聞きつけました。

「そういうことだ。たしかに俺は放言癖《へき》がある。しかし言っていることがすべてでたらめというのは、デイブレイクの嘘だ。あいつは俺を目の敵《かたき》にしている。もっとも、俺もあいつは大嫌いだが」

ハンドレッドは早口でそう言うと、また大きな声で笑いました。

「その後ろにいる若いカエルに言いたいことがある」

すると、ハインツは素早く逃げてしまいました。

「逃げられたか。じゃあ、俺も帰ることにする。あばよ」

ハンドレッドが立ち去ろうとするところに、ソクラテスが「待ってください」と声をかけました。ハンドレッドは振り返りました。

「教えてほしいことがあります」

「何だ?」

「ナパージュのカエルが本質的に凶暴で残虐なカエルだというのは本当なのですか?」

ハンドレッドはすぐには答えず、ソクラテスの顔をじっと見つめました。

「この国に来て、いろんなカエルたちに会っただろう。ナパージュのカエルたちが残虐なカエルに見えたか?」

「いや、そうは見えませんでした」

「それなら、自分の目を信じたらどうだ」

「でも、デイブレイクはそうじゃないと言っていました」

それを聞いて、ハンドレッドは皮肉そうな笑いを浮かべました。

「じゃあ、あんたはものすごく残虐なことをしたカエルのことを、誰かが『あのカエルは本当は優しいカエルなんだ』と言えば、そのカエルを優しいカエルだと信じるのか」

ソクラテスは言葉に詰まりました。

「そのカエルがどんなカエルかというのは、そのカエルがどんなことをしたのかでわかるんじゃないのか」

「たしかにそうです。でもそれなら、ナパージュのカエルたちが昔ひどいことをしたというのを謝っているのはどうなんですか？」

「仮にナパージュのカエルが本当にひどいことをしたとしよう。しかしたとえば、あんたのじいさんのじいさんの、そのまたじいさんが一度だけ悪いことをしたのを、あんたは永久に謝り続けるのか」

ソクラテスは思わず苦笑しました。

「あなたが嫌われものだという理由が少しわかった気がします」

ハンドレッドも笑いました。

「違うことを訊いてもいいですか？」

「ただで質問か。厚かましいクソアマガエルだな」

そう言いながらもハンドレッドは質問を待っていました。

「この国の平和は、三戒によって守られているというのは本当ですか？」

「お前たちは本当にあんなものがナパージュを守ってくれていると思うのか」

ソクラテスは返答に困りましたが、ロベルトは「そうじゃないのか」と言いました。

「だって三戒があるから、長い間どこからも襲われなかったんだろう。つまり、この国の平和は三戒のお蔭《かげ》と言えるんじゃないのか」

ハンドレッドは皮肉な笑みを浮かべて、言いました。

「カエルを信じろ。カエルと争うな。争うための力を持つな——か」

ハンドレッドは「三戒」を暗誦《あんしょう》しました。「これが本当に正しいと思うのか？」

ずばり訊かれてロベルトも答えに詰まりました。

ソクラテスは、初めて「三戒」を聞いた時に覚えた違和感を思い出しました。何度も聞かされるうちに、それこそが真理のような気がしていたのですが、今こうしてあらためてハンドレッドに問い詰められると、その気持ちが揺らいできたのを感じました。

「でも、争わなければ争いが起こらないというのは正しいんじゃないか」

ロベルトは反駁《はんばく》するように言いました。

「たしかに争わなければ争いは起こらない。ただ、その場合は争いとは呼ばず、単なる虐殺という」

ソクラテスは、なるほど、と思いました。言われてみればその通りです。

「そうは言ってもこの国の平和が三戒のお蔭なのは間違いないだろう」

「どうしてそう言えるんだ？」

「だって、ツチガエルは強くない。大きなカエルにはとても勝てない。そんな国が長い間ウシガエルや他のカエルたちに襲われないのは、やっぱり三戒があるからじゃないのか」

ハンドレッドは、やれやれというふうにため息をつきました。

「ウシガエルたちがこの国を襲わなかったのは、少し前まで、連中の多くがオタマジャクシだったり、病気で弱っていたからだ」

「そうなのか――」

「大昔、ナパージュのカエルも南の沼でウシガエルたちと争ったことがある。その頃はそんなことがいたるところであった。雨が降らず、水場もなくなり、エサが少なくなって、多くのカエルたちが争った時代だ」

ソクラテスも昔、長老からそんな話を聞いたことがありました。多くのエサ場をめぐって、すべてのカエルたちが血みどろの闘争をした時代が長く続いたといいます。

「昔の話はともかく、どうしてこの国が長い間、襲われなかったんだ？　三戒のせいじゃないとすれば、他に何があるっていうんだ？」

ロベルトの言葉に、ハンドレッドはにやりと笑いました。

「この国には偉大なるスチームボート様がいるからだ」

「それは王の名前なのか」

「いや、違う。ナパージュの僭主《せんしゅ》だ。この国の本当の支配者だ」

ナパージュに隠れた王がいるとは驚きでした。

「スチームボートって何者なんですか？」

ソクラテスが訊《き》くと、ハンドレッドはにやりと笑いました。

「見ればわかるさ」

「どこにいるんですか？」

「東の岩山の頂上に棲《す》んでいる。会いたければ行ってみるといい」

6

ソクラテスたちはスチームボートに会うために、東の岩山を登ることにしました。

岩山は急峻《きゅうしゅん》な崖《がけ》で覆《おお》われていて、カエルが簡単に登れるような道はありません。でもアマガエルは指に吸盤があるので、二匹はそれを使って岩山を上がっていきました。

半日近くかかった末、ようやく頂上まで登ることができました。

そこからはナパージュの国と、それを取り巻く四方の世界がすべて見渡せました。北の荒地、西の草地、東の森、そして南の黒い沼が一望できました。

頂上には古い松が生えていて、枝の上に黒い影が見えました。その黒い影がスチームボートでした。

近くまで行ってその姿を見たとき、ソクラテスは思わず悲鳴を上げそうになりました。スチームボートは巨大なワシだったのです。ソクラテスたちは咄嗟《とっさ》に木の陰に隠れました。

その様子を見たスチームボートは大きな声で笑いました。

「お前たちみたいなちっぽけなカエルを喰《く》らうほど、落ちぶれてはおらんよ」

それを聞いてソクラテスとロベルトはおそるおそる木の陰から出ました。

「お前たちは何者だ。なぜここへやってきた?」

スチームボートは訊ねました。

「ぼくたちはアマガエルのソクラテスとロベルトです。国を追われて、旅を続け、縁《えん》あってこの国に流れ着きました」

「なるほど。それでナパージュに落ち着いたというわけか。ここはいいところだろう」

「はい。こんな平和でおだやかな国は見たことがありません」

スチームボートは笑みを浮かべました。

「ひとつ質問をお許し願えますか?」

「何でも訊くがよい」

ソクラテスは深呼吸をしてから訊きました。

「スチームボート様はこの国を支配されているのですか」

「昔は支配していたこともあったが、今は支配してい

ない」

「なぜ昔、支配したのですか」

「この国のカエルたちがわしに盾突《たてつ》いたからだ」

ソクラテスは驚きました。

「遠い遠い昔、わしがここにやってきたとき、カエルたちはわしを追い出そうと抵抗した。よってたかって毒の液をわしにかけおった。やつらはちっぽけなカエルのくせに強烈な毒を持っている。あの毒が目に入ったとき、一瞬、目が見えなくなった。それで怒って沢山のカエルを殺した。最後はナポレオン岩場で何百匹というカエルを踏みつぶしてやった。怒りにまかせて、見せしめに生きたまま皮を剝いで殺してやった。そこまでやると、やっとカエルたちは抵抗をやめた」

ソクラテスは恐怖にふるえました。

やはり目の前のワシはとてつもなく恐ろしい怪物だったのです。

「カエルたちはわしに盾突いたことを謝り、この場所を提供したというわけだ。それ以来、わしはここを第二の棲家《すみか》としておる。カエルたちはわしが棲みやすいようにいろいろと便宜《べんぎ》をはかってくれている。わしはその代わりにカエルたちを守ってやっているのだ」

ソクラテスとロベルトにとっては、初めて聞く話でした。

「すると——この国が平和なのはスチームボート様のお蔭だったのですか」

「そういうことになるかもしれんな」スチームボートはそう言って笑った。「わしがここにいる限り、どんな獣も鳥もやってはこないからな」

ソクラテスはそうだろうなと思いました。こんなに恐ろしいワシがいるなら、誰もこの崖の上にやってはこないでしょう。ナパージュの平和は「三戒」のお蔭などではなかったのです。初めてナパージュにやってきたとき、ソクラテスたちを襲ったモズは、おそらくスチームボートに食べられたのでしょう。

「では、ナパージュの平和は、三戒のお蔭ではなかったのですね」

「三戒とは何だ？」

「ナパージュのカエルたちの大切な教えです」

「ああ、あれか。カエルを信じろというやつだな」

「そうです」

「あれはわしが作ったものだ」

ソクラテスとロベルトが同時に「えっ！」と声を上げました。

「ナパージュのカエルは、三戒は自分たちの遠い祖先が作ったと言っていました」

ソクラテスが恐る恐る言うと、スチームボートは大きな目でぎょろりと睨《にら》みました。

「それは嘘《うそ》だ。わしがカエルたちに作れと命じて、彼らはその通りに作った。それで、カエルたちは自分たちが作ったつもりでいるのだろう」

衝撃的な言葉でした。まさかナパージュのカエルたちの最も大切な教えが、スチームボートの命令で作られたものだったとは――。

でも次にスチームボートが語った言葉は、ソクラテスたちをさらに驚かせました。

「三戒の中にある『カエル』という言葉は、もともと『スチームボート様』だったのだ」

ロベルトが思わず「そんな馬鹿な！」と口走りました。スチームボートはちらりと彼に目をやりましたが、別段機嫌を悪くしたふうでもありませんでした。

「こんなことで嘘を言っても仕方あるまい」

たしかにスチームボートが嘘を言う理由はありません。でも、「三戒」がスチームボートのために作られた教えというのは、俄かには信じがたい言葉でした。

ソクラテスは心の中で、「三戒」にある「カエル」という言葉を「スチームボート様」に置き換えてみました。

スチームボート様を信じろ、スチームボート様と争うな、争うための力を持つな

――。

その昔、スチームボートに徹底的にやられたナパージュのカエルたちが、スチームボートの命じるままに、その教えを作ったとすれば納得できます。いや、むしろ腑《ふ》に落ちるという言葉がぴったりです。

スチームボートはにやりと笑いました。

「カエルたちはいつのまにか『スチームボート様』という言葉を『カエル』に直しおったのだ。しかし寛大なわしはそんなことで怒りはしない。ナパージュのカエルたちがわしに盾突いたのは大昔のことだ。今はもう怒りもない。スチームボートをカエルと直しても、どうということはない」

ロベルトは唖然《あぜん》として口を大きく開けたままでした。

「もうひとつお訊ねしてもよろしいでしょうか？」

ソクラテスは言いました。

「なんだ？」

「『謝りソング』もスチームボート様が作ったのですか？」

「あの歌は違う」スチームボートは答えました。「わしがカエルたちに三戒を作らせたとき、『お前たちはとても悪いことをしたんだぞ』ということを教え込んだら、カエルは自分たちで、そのことを反省する歌を作り、わしに捧《ささ》げたというわけだ。そして今もああやって歌って謝っている」

「そうだったんですか」

「滑稽《こっけい》なカエルたちだよ」スチームボートはそう言って笑いました。

でも、ソクラテスには滑稽とは思えませんでした。ナパージュのカエルたちはスチームボートからよほど恐ろしい目に遭ったに違いありません。

「スチームボート様は、あの歌をどう思われますか？」

「何とも思わんよ。わしにとっては別に迷惑な歌じゃない。あの歌も、そもそもはわしに謝るために作った歌だったのだが、いつのまにか謝る相手がどんどん広がっていったようだ。今ではナパージュのカエルたちは、自分たち以外のすべてに向かって謝っておる。しかし、彼らが誰に謝ろうが、わしの知ったことではない」

ソクラテスはスチームボートの顔に、倦怠《けんたい》の色を見た気がしました。かつては怒りにまかせて支配したのであろうナパージュのカエルたちにも、今やほとんど関心を失っているように見えました。

「スチームボート様はこれからもナパージュのカエルたちを守っていかれるのですか？」

「わしももう年老いた。そろそろツチガエルたちも、自分たちのことは自分たちで守ってほしいと思っている」

「見捨てるのですか？」

　スチームボートは少し考えてから答えました。

「わしにも敵がいる。この国のカエルのことばかり考えてはいられないのだ。それにここはわしの本当の棲家ではない。居心地がいいので長居をすることも多いが」

「スチームボート様を悩ませるような敵がいるのですか」

「若いころには怖《おそ》れるものもなかったが、年老いて、体のほうぼうにガタがきておる」

　ソクラテスが見ると、爪《つめ》の先がいくつも欠けていました。

「老いるというのは恐ろしいことだ。昔はいくらでも飛べたが、近頃は一度飛ぶと、しばらくは動けない。それに――見ろ」

　スチームボートは翼を大きく広げました。

「若いころはすべての羽が白く輝いていた。わしが空を飛べば、地上の獣たちは太陽と見間違えたほどだ。それがどうだ、今では羽の色もすっかり変わってしまった」

　スチームボートの翼には黒や黄色やくすんだ茶色の羽が生えていて、かつて白一色に輝いていたという面影《おもかげ》はどこにもありませんでした。

「お前たちカエルどもが自分の国とかよその国とか言っているが、馬鹿馬鹿しい限りだ。この世界はすべてわしの監視下にあるのだからな」

「そうだったんですね」

「しかし、何度も言うようにわしも年老いた。かつては世界のすべてを秩序あるものにしようと飛びまわっていたが、近頃はそんな気力もなくなった。カエルたちがどこで何をしようと、そんなことはどうでもいいと思うようになった」

「ナパージュのことはどうですか？」

「この地には愛着もある。カエルどもがわしに忠誠を誓う限りは、面倒を見てやろうとは思っている」

それを聞いてソクラテスはホッとしました。

「もういいだろう。わしは少し休む」

スチームボートは物憂《ものう》げな声で言いました。

「いろいろなお話を聞かせてくださいまして、ありがとうございました。それでは失礼いたします」

スチームボートはもう目を閉じていました。

「三戒はスチームボートが作らせたものだったというのは驚いたな。『カエルを信じろ』も、そもそもは『スチームボート様を信じろ』だったなんて――」

岩山を降りて草地に戻ったソクラテスは言いました。

「いや、スチームボートが自らの力を誇示《こじ》しようとして嘘を言っただけかもしれないぞ」

「そんなことをする理由はないよ。それにナポレオン岩場でたくさんのツチガエルを殺したのも本当のようだし。ハンドレッドだって、ナパージュの僭主と言っていたじゃないか」

ソクラテスが言うと、ロベルトも不承不承うなずきました。

「そうなると、三戒も素直に受け取れないな」

「いや、ソクラテス、それは違う。もともとはスチームボートが作らせたとしても、三戒はやはり素晴らしいものだと思う。成り立ちはともかく、出来上がったものはそれを純粋に評価すべきじゃないか。最初はスチームボートのために作られたものだったかもしれないが、ナパージュのカエルたちが自分たちのものとしたんだ」

「でも、三戒がナパージュの平和に役立っているというのは間違いだった。実際はスチームボートの力で守られていたんだ」

「いや、それだってどうかわからないぞ」

「スチームボートがいるから、この崖の上には誰もやってこないんじゃないか」

「だから、それは思い込みかもしれない。だって、スチームボート自身が言っていたじゃないか。この広い世界はすべて自分が支配していたと。世界の秩序が保《たも》たれるように飛びまわっていたと。でも、実際に俺たちが故郷を出てから様々な場所を旅してきても、平和な国なんてどこにもなかった。これって、スチームボートの力なんか何も及んでいないということじゃないのか」

そう言われると、ソクラテスもすぐには言い返せませんでした。

「スチームボートがいるお蔭でナパージュが平和なんだというのは勘違いだよ。南の沼のことだってそうだ。ウシガエルたちが毎日、何匹も他のカエルたちを食べているというのに、スチームボートは何もしないじゃないか。あの頂《いただき》からはその様子も見えているはずなのに」

「スチームボートは年老いたと言っていた。もう世界のカエルたちのことなんかどうでもよくなっているんじゃないか」

「そこだよ」ロベルトは指を立てて言いました。「スチームボートはカエルの平和なんかもう何とも思っていないんだ。そして、このめちゃくちゃな世界の中で、ナパージュだけが長く平和でいられたのは、スチームボートのお蔭なんかじゃなく、やはり三戒のお蔭と考える方がしっくりくると思わないか。そうだろう」

「いや、ロベルト、待ってくれ。ぼくにはよくわからないんだ」

「俺にはわかっている。俺は三戒の素晴らしさを学んで、国へ持って帰る。俺たちの祖国を平和な国に建て直すんだ」

でもソクラテスは、ナパージュの国が平和でいられるのは「三戒」のお蔭なのか、それともスチームボートのお蔭なのか、よくわからなくなっていました。はたして「三戒」を国に持ち帰れば、平和を取り戻すことができるのか、それとも何の役にも立たないものなのか——それがはっきりしない限りは、国に戻る危険を冒すことはできません。

ロベルトは一刻も早く出発したい様子でしたが、ソクラテスはそれを押しとどめました。

「慌《あわ》てることはないよ、ロベルト。国に戻る旅は厳しいものになる。足が完全に治るまで、この国を見て回ろう」

ロベルトは仕方がないというふうにうなずきました。

7

ソクラテスとロベルトはナパージュの国をさらに見て回りました。

行く先々で多くのツチガエルたちと出会い、あらためて思ったのは、この国のカエルたちが心穏やかで善良なカエルたちだということでした。礼儀正しく、言葉は丁寧で、綺麗《きれい》好きで、よそものの自分たちにもとても親切でした。

「やっぱり、ナパージュのカエルたちはいいカエルばかりだ。旅の間、いろんな国を見て来たけど、こんなに善良なカエルは滅多にいなかった」

ソクラテスが言うと、ロベルトも大きくうなずきました。

「それが三戒の力だよ、ソクラテス。三戒の一つ、『カエルを信じろ』という教えが、彼らを善良にしているんだ」

「そうなのかなあ。ぼくには、ナパージュのカエルたちが生まれながらにして持っている善良さのような気がするんだけど――」

「デイブレイクの言葉を聞かなかったのか。もともとナパージュのカエルたちは凶暴で残虐なカエルだったんだよ。その残虐性を抑え込んで、善良なカエルにしているのが、三戒の力なんだ」

「スチームボートは、ナパージュのカエルたちが残虐とは言っていなかった」

「でも、スチームボートが来た時に抵抗したと言っただろう。それって、つまり好戦的ということなんじゃないのか。毒で目つぶし攻撃をしたと言っていた。あの巨大なワシに挑むなんて、常軌《じょうき》を逸《いっ》した好戦性だよ」

「そこまで追いこまれていたということじゃないのかな」

「想像でものを言うなよ。たとえ追いこまれていたとしても、カエルがワシに挑むなんて狂気の沙汰《さた》だよ」

たしかにロベルトの言う通りです。普通のカエルなら、ワシと戦おうなどとは考えもしないでしょう。するとやはり、ナパージュのツチガエルたちはもともと争いが大好きなカエルたちだったのでしょうか。

「そんなナパージュのカエルたちも、三戒の力で、すっかり穏やかなカエルになった。もともと持っていた毒腺《どくせん》までつぶしているくらいだから、本当に平和なカエルに生まれ変わったんだよ」

「でも、毒腺をつぶして毒が出なくなったら、敵にやられた時にはひとたまりもないぞ」

「争いにはならないから、そんな心配は無用なんだよ。ソクラテスの考え方は常に争いが前提にある。そうじゃなくて、争いが起こらないということを前提に考えることが大事なんだ。争いが起こらないとすれば、当然、毒腺などはまったく無意味なものだろう」

ソクラテスはロベルトの言葉に完全には納得できませんでしたが、このことで彼と言い争いをするのはやめておこうと思いました。それで、話題を変えました。

「ところでロベルト、実はナパージュの国を回っていて、妙なことに気が付いたんだけど——」

「何だい？」

「気のせいかもしれないんだけど——この国ではオタマジャクシをあまり見ないんだ」

「言われてみれば、たしかにそうだな」とロベルトは言いました。「オタマジャクシや小さいカエルをあまり見ない」

「だろう。ぼくたちが出会うカエルの多くが年老いたカエルだ」

「たしかにやたらと年取ったカエルが多い。これってどういうことなんだ、ソクラテス」

「ぼくが知るわけないじゃないか」

そこに一匹のツチガエルが通りがかりました。そのカエルもまた年老いたカエルでした。

ソクラテスは彼に声をかけました。

「ひとつ訊きたいことがあるんですが」

「何だい」

「この国ではオタマジャクシの姿をあまり見ないのですが、それはどうしてですか」

すると年老いたカエルは少し暗い顔をしました。

「昔はたくさんいた」彼は言いました。「どんな小さな池にも水たまりにも、いつもオタマジャクシがあふれるほどに泳いでいたもんじゃ」

「今は大きな池でもオタマジャクシをあまり見ませんね」

ソクラテスの言葉に、年老いたカエルはうなずきました。

「若いメスたちが卵を産まなくなったんじゃ」

「どうしてですか」

「そんなことは知らんよ。わしは若いメスじゃない」

年老いたカエルは突き放すように言いました。でも、そのあとに寂しそうに付け加えました。「だが、オタマジャクシがいなくなれば、この国はいつかなくなる」

年老いたカエルはそう言うと、去っていきました。

「やっぱりオタマジャクシが少ないというのは事実だったんだな」

ロベルトの言葉にソクラテスはうなずきました。

「ローラに訊いてみようか」

「探してみよう」

ソクラテスとロベルトは通りがかったカエルにローラの居場所を訊《たず》ねました。すると西の泉にいるということがわかりました。ソクラテスたちは西の泉に向かいました。

そこにはローラと同じような若いメスガエルたちが泉に体を浮かべていました。

「あら、アマガエルさんじゃないの。ロベルトさん、足はよくなった？」

「もうかなりよくなったよ」

ロベルトは嬉《うれ》しそうに答えました。

「栄養あるものを食べないといけないわ。ほら、捕ったばかりのハエをあげる。新鮮よ」

ローラはまだ生きているハエを惜しげもなくくれました。ロベルトは礼を言ってハエを飲み込みました。

「実はローラに訊きたいことがあって、来たんだ」

ソクラテスが言いました。

「あたしに答えられることなの？　難しいことはわからないわよ。知りたいことがあるんだったら、物知りの年取ったカエルに訊くほうがいいわよ」

「いや、年取ったカエルには答えられないことなんだ」

「何かしら？」

「ええと――ローラはいつか卵を産む？」

「そうね、多分産まないわ」

ローラはあっさりと答えました。

「どうして産まないの？」

「だって、大変なことばかりじゃない？　卵を産んで何かいいことがあるのかしら？　いいことがあればいくらでも産むわ」

ローラと一緒にいたメスガエルたちもうなずきました。

「いいことがあるかどうかはわからないけど――君たちが卵を産まないと、この国の将来はないよ」

ロベルトがそう言うと、ローラたちは途端に不快な表情を見せました。

「ナパージュのために卵を産めと言うの？」

一匹のメスガエルが怒ったような口調で言いました。

「あなたは元老たちと同じことを言うのね」ローラが言いました。「あたしたちは卵を産むために生まれてきたんじゃないのよ。産むのも産まないのも、あたしたちの自由でしょ。あたしのお腹は元老たちのお腹じゃないわ。そんなに産め産めと言うなら、元老たちが産めばいいんだわ。産めるものならね」

その言葉に、メスガエルたちは一斉に笑いました。

「みんなもそう思ってるの？」ソクラテスは訊きました。

「そうよ」と別のメスガエルが言いました。「子どもを育てるのに、あたしたちばっかり大変な思いをするなんておかしいじゃない」

「それに、あたしたちはやらなきゃいけないことがたくさんあって、毎日本当に時間が足りないの。第一、卵を産むなら、まずは相手も見つけなきゃならないしね」

ローラはそう言うと、いきなり歌をうたい始めました。他のメスガエルたちもそれに合わせてうたいました。それは恋の喜びをうたった歌でした。

ソクラテスとロベルトはローラたちに「ありがとう」と言うと、泉を離れました。

「この国にオタマジャクシが少ないわけがわかったね」

二匹だけになってから、ソクラテスがロベルトに言いました。

「ああ。ナパージュは年寄りの国なんだ」

「そうみたいだな」

「俺たちの国では、卵からおとなのカエルになるのは、それだけで大変だけど、それでもメスは卵を産んでいた。ナパージュのような平和で豊かな国なら、産めば産んだだけ育てられるのに、どうして産まないんだろう」

「ぼくにはわからないな」

ソクラテスはそう答えましたが、ふと、もしかすると平和で豊かな国だからこそなんじゃないかという気がしました。でも、その深い理由はわかりませんでした。

「いずれにしても、ナパージュは——」とソクラテスは言いました。「国全体がゆっくり、静かに、老いていってるんだ」

第二章

1

ソクラテスとロベルトがナパージュにやってきて数日が過ぎました。

その間、ナパージュには何ひとつ事件のようなものは起こりませんでした。のどかで平和な日々でした。ソクラテスとロベルトは、別世界に来たような気がしていました。ここに来るまでの過酷な旅を思うと、ナパージュはまさに夢のような楽園です。

美しい池や沼がいくつもあり、水は澄んでいて、草木が豊かで、食べ物となる虫はいたるところにいました。池の周囲を飛ぶイトトンボは最高に美味《おい》しいものでした。夕立《ゆうだち》のあとにかかる虹《にじ》はこの世のものとは思えないほどの美しさです。何よりも素晴らしいのは、カエルたちをおびやかす恐ろしい存在が何もないことです。二匹のアマガエルは、このまま一生をここで暮らしたいと思ったほどです。

でも、今こうしている間にも、世界の多くの場所では毎日カエルたちが争い、弱いカエルが食べられていると思うと、二匹とも心から平穏な気持ちではいられませんでした。

ただ、生まれ故郷に帰る前に、ぜひともナパージュの平和が「三戒」によるものか、それともスチームボートの存在によるものなのかを突き止めなくてはなりません。

ソクラテスは何匹かのツチガエルにスチームボートのことを訊《たず》ねました。

多くのカエルが、「たしかにスチームボートは他の国のカエルたちに怖《おそ》れられているが、ナパージュの平和は三戒があるからだ」と答えました。中には「スチームボートがいるからこの国は安全なのだ」と言うカエルもいましたが、それは少数派でした。

ソクラテスたちはハスの沼の朝の集会の後に、デイブレイクを訪ね、彼にも同じことを訊《き》きました。するとデイブレイクは大仰に顔をしかめました。

「スチームボートの存在は――」デイブレイクはそこまで言って、小さなため息をつきました。「言うなれば、ナパージュのがんです」

「それはどういう意味ですか」

「ナパージュにはスチームボートと争って敗れたという暗い過去があります。それ以来、スチームボートはナパージュに居座り続けています」

「出て行ってもらうわけにはいかないのですか」

「わたくしはそれをずっと主張していますが、スチームボートは言うことを聞いてくれません。ナパージュを守ってやると言って、東の岩山に居座り続けています。スチームボートの言うことを真に受けている愚かなカエルたちもいますが、そんなことはでたらめです。ナパージュの平和はスチームボートがいるお蔭《かげ》などではなく、三戒のお蔭なのです」

力強い言葉に、やはりそうだったのかとソクラテスは思いました。

「ナパージュのカエルたちの多くはスチームボートの存在を疎《うと》ましく思っています。中には憎んでいるカエルもいます。わたくしは、いずれこの国からスチームボートを追い出してみせます。その時こそ、ナパージュは真の自由と独立、そして本当の平和を手に入れることができるのです」

「デイブレイクさん、頑張ってください」

ロベルトがデイブレイクの手を握って熱く言いました。

ソクラテスは、ナパージュに本当の平和がないとすれば、世界のどこに平和があるのだろうかと思いましたが、それは口にはしませんでした。

ところが、そんな平和なナパージュを揺るがす事件が起きました。その日の昼、南の崖《がけ》の方から悲鳴が聞こえたのです。

ナパージュではそんな悲鳴は滅多に耳にしません。驚いた多くのカエルたちが南の崖に向かいました。ソクラテスもロベルトも同じように南の崖に向かいました。

崖の上では、一匹の年老いたツチガエルが腰を抜かしてガタガタとふるえていました。

「何があったのだ？」

集まったカエルたちに訊かれて、老ツチガエルはふるえる指で崖のふちをさしました。

「ウシガエルが、その崖を登ってきた」

「なんだって！」

でも、ウシガエルの姿はどこにも見あたりません。

「ウシガエルなんかいないぞ」

「わしが大声で叫んだら、崖を降りて行ったんだ」

何匹かが崖のふちに近づいて地面を調べました。すると、そこに生えているオオバコの葉が濡《ぬ》れていました。

「南の沼の臭《にお》いのような気がする」

水の臭いを嗅《か》いだ一匹が言いました。

がりました。南の沼の水が落ちているということは、ウシガエルが崖を登ってやってきたということです。ウシガエルの凶暴さはみんなが知っています。もし本当に崖を登ってやってきたとしたら大変なことになります。

ツチガエルたちはパニックに陥りかけました。

そのとき、後ろから、「慌《あわ》ててはいけない！」という大きな声が聞こえました。みんなが振り返ると、太ったカエルがいました。デイブレイクでした。

「こんなことで大騒ぎしてはならない」

デイブレイクはそう言いながら崖のふちに近付きました。それから地べたに這《は》いつくばり、オオバコの葉についている水の臭いを嗅ぎました。そして何度かうなずいてから立ち上がりました。

「これは南の沼の臭いではありません」デイブレイクはカエルたちに向かって大きな声で言いました。「心配はいりません。ウシガエルはこの崖を登ってきてはいません」

ナパージュ一の物知りのデイブレイクの言葉を聞いて、カエルたちの顔に安堵《あんど》の表情が浮かびました。

カエルたちは、ウシガエルを見たという老ガエルに対して一斉に非難をぶつけました。

「寝ぼけていたのか！」

「冗談が過ぎるぞ！」

みんなに責められた老ガエルは、「本当に見たんだ」と言い張りましたが、デイブレイクから「いい加減にしなさい！」と一喝されると、黙ってしまいました。

やがて騒ぎが収まり、カエルたちがそれぞれお気に入りの池に戻りかけたとき、一匹のとても体の大きなツチガエルが崖のふちに近づいていくのが見えました。ソクラテスはこんなに大きなツチガエルを見たのは初めてでした。

そのカエルはオオバコの葉の上に垂《た》れた水の臭いを嗅いで言いました。

「これは南の沼の臭いだ。間違いない」

それを聞いて、カエルたちの顔に再び恐怖が蘇《よみがえ》りました。

「ハンニバル、根拠のないことを軽々しく口にすべきではありません！」

デイブレイクは体の大きなツチガエルに怒鳴りました。

ハンニバルと呼ばれたそのカエルは落ち着いて答えました。

「ぼくは何度か南の沼に行ったことがある。この草の上に落ちている水は、南の沼の水に間違いない」

デイブレイクは一瞬言葉に詰まりましたが、すぐに言い返しました。

「南の沼の水だからといって、ウシガエルがここまで来たという証拠にはなりません。この水は虫か何かが運んできた可能性もあります。いや、おそらくはそうでしょう」

二匹を取り囲んでいるカエルたちも、「そうだ、そうだ」と言いました。

「ウシガエルを見たというカエルがそこにいるじゃないか」

ハンニバルが老ガエルを指差しました。

「彼は幻でも見たのでしょう。今ここにウシガエルがいないのだから、ウシガエルがここにいたということは誰にも言えないはずです」

「それはそうだが、いた可能性はある」

するとカエルたちはまたパニックに陥りかけました。デイブレイクはすぐにそれを察して、ツチガエルたちの方に向かって言いました。

「ハンニバルは争いを望んでいます。だから、こんなことを言うのです。皆さん、こんな奴《やつ》の言うことに惑わされてはなりません。ハンニバルの言うことと、デイブレイクの言うことのどちらを信じますか？」

カエルたちは一斉に「デイブレイク！」と言いました。

デイブレイクは満足そうにうなずきました。

そのとき一匹のカエルが「ハンニバル、帰れ！」と叫びました。やがて他のカエルも同じ言葉を口にし、それは大きな合唱になりました。

「ハンニバル、帰れ！　ハンニバル、帰れ！」

ハンニバルはその声を無視して、もう一度しゃがんで草の上の水の臭いを嗅ぎました。そして立ち上がると、黙って崖から去っていきました。

デイブレイクはカエルたちに言いました。

「結局、何の事件も起こっていません。ナパージュはいつものように平和です。さあ、もうそれぞれの棲家《すみか》に戻ろうではありませんか」

その言葉に、カエルたちは安心してぞろぞろと崖から去っていきました。

崖から戻ったソクラテスとロベルトは、泉のほとりでローラにばったりと出会いました。

「何か南の崖で騒ぎがあったみたいね」

ローラはにこやかに言いました。

「うん。ウシガエルが登ってきたという話だったけど、間違いだったらしい」

「そんなの最初からわかってるじゃない」ローラはそう言って笑いました。「大騒ぎする方がおかしいわ。ウシガエルが崖を登ってくるはずないもの」

「でも、ハンニバルというカエルは、ウシガエルが登ってきたって言っていた。南の沼の水のあとがあったって」

ハンニバルの名前を聞いたローラは顔をしかめました。

「ハンニバルの言うことを信用してはだめよ。彼に近寄ってもだめ」

「どうして？」

「デイブレイクがそう言っていたもの。ハンニバルはナパージュでは悪名高い三兄弟なの。ハンニバルはその長男よ」

「そんなに悪いカエルには見えなかったな」

「デイブレイクは、ハンニバルの兄弟たちを『カエル殺し』って呼んでいるわ」

ローラは声を潜《ひそ》めて言いました。

「カエルを殺したことがあるの？」

「それは知らないけど、デイブレイクがそう言っているから、間違いないと思う。デイブレイクが嘘《うそ》をつくはずないもの」

ソクラテスはローラの言葉を聞きながら、デイブレイクはナパージュのカエルたちに本当に信頼されているんだなと思いました。

「ナパージュには、ハンニバル兄弟を好きな人はいないと思うわ。あたしのお母様も嫌っているわ」

ローラは強い口調で言いました。

「実際に、ハンニバルが乱暴したことがあるの？」

「それは知らないけど——でも、体が大きいから、乱暴したらきっと手がつけられないわ。ウシガエルにも勝てるという噂《うわさ》もあるくらいだから」

ロベルトが「へえ！」と感嘆の声を上げました。

「あの兄弟は、体だけは大きくて強いのよ。頭は空っぽだけど」

ローラは軽蔑《けいべつ》するような口調で言いました。彼女がそんなふうに他のカエルを悪く言うのを初めて聞いたので、ソクラテスは少し驚きました。

「どうやら、ハンニバルはナパージュでは嫌われものみたいだな」

ローラと別れた後、ソクラテスはロベルトに言いました。

「そうみたいだな。崖の上でもみんなから、帰れ、と言われていたし」

「ところで、あのツチガエルが崖の上でウシガエルを見たというのは本当に勘違いだったんだろうか」

「デイブレイクはそう言っていたぞ」

「でも、あの怯《おび》えようは、単なる勘違いだとも思えないんだけど」

「たしかにガタガタふるえていたな。だとすると、真相はどうなんだろう」

「鍵《かぎ》を握っているのは、ハンニバルだよ。彼に詳しい話を聞こう」

「でもローラはハンニバルに近づくなと言っていたし、ナパージュでは相当嫌われているみたいだから、誰に訊いても、どこにいるのか簡単には教えてくれないかもしれないぞ」

「同じく嫌われもののハンドレッドに訊くのはどうかな」

ソクラテスの提案にロベルトは笑いました。「それは名案かもしれない」

ソクラテスたちはツチガエルたちにハンドレッドの居場所を訊ねました。すると彼は北の洞穴《ほらあな》に一匹で棲んでいることがわかりました。二匹は北の洞穴に向かいました。

ハンドレッドが棲む洞穴の周囲には、トンボの翅《はね》やバッタの肢《あし》などの食べカスがそこらじゅうに散らばっていました。どうやらだらしない性格のようです。

「ハンドレッドさん」

ソクラテスが洞穴の入り口から名前を呼ぶと、しばらくして機嫌の悪そうなハンドレッドが姿を現しました。

「誰だ、せっかくいい気分で寝ていたのに」

「ハンドレッドさんに訊きたいことがあってやってきました」

「どチビのアマガエルか。訊きたいことって何だ?」

ハンドレッドは岩の上に腰をおろしました。

「ハンニバル兄弟についてです」

「兄弟の何を知りたいんだ」

「ハンニバルたちは何か悪いことをしたのですか?」

「悪いことなんか何ひとつしていない。ハンニバルの兄弟は、体は大きいが、心の優しいツチガエルだ」

「それなら、なぜみんなに嫌われているのですか?」

「デイブレイクに嫌われているからだ」

ソクラテスはハンニバルを睨《にら》みつけていたデイブレイクの目付きを思い出しました。その目にはたしかに憎悪《ぞうお》の感情があるように見えました。

「デイブレイクはナパージュのカエルたちの尊敬を集めている。おまけに国一番の情報通だ、とされている。一番恐ろしいことは、デイブレイクに嫌われたら、国中のカエルに嫌われるということだ。俺も、その一匹だ」

ハンドレッドはそう言って笑いました。

「なぜデイブレイクに嫌われたら、皆に嫌われるのですか」

「あいつが毎日ハスの沼の集会で、悪口を言い続けるからだ。奴は執念《しゅうねん》深くて、蛇のようにしつこいんだ」

「なるほど」

「しかし、ナパージュのカエルどもは実に身勝手なカエルだ」

「それはどういうことですか」

「前に強い風が吹いて木が倒れて大勢のカエルが木の下敷きになったことがある。その時に何匹ものカエルを助けたのはハンニバル兄弟だ。あの時、カエルたちは『ハンニバル様〜』と泣いて喜んでいた。デイブレイクもしばらくはハンニバルの悪口を言わなかったが、しばらく経《た》つうちにその記憶が薄らいできたのか、最近また悪口を言い出した。すると、他のカエルたちも同じようにハンニバルたちを嫌いだした」

「デイブレイクがハンニバル兄弟を憎む理由は何ですか？」

「彼らがウシガエルと戦えるくらい強いからだ」

ソクラテスはローラも同じことを言っていたのを思い出しました。

「なぜ、強いと嫌われるのですか」

ハンドレッドはにやりと皮肉そうな笑みを浮かべました。

「もしかするとウシガエルをやっつけてしまうかもしれないじゃないか」

「それがいけないのですか？」

ロベルトがそう言うと、ハンドレッドは呆《あき》れたような顔をしました。

「お前たち、まだ三戒を理解していないのか？」

ソクラテスは思わず、「あっ、そうか！」と言いました。

「そういうことだ」ハンドレッドはうなずきながら言いました。「もしハンニバルがウシガエルをやっつけてしまうようなことがあれば、三戒に背くことになってしまうというわけだ。ナパージュにとって三戒は何よりも重要なものだからな」

「そのことはよくわかりました」ソクラテスは言いました。「では、デイブレイクがあなたを嫌う理由は何ですか？」

「俺は三戒を馬鹿《ばか》にしているからだ。ナパージュでは三戒をないがしろにしたツチガエルはまともなツチガエルではないという烙印《らくいん》を押される。お前たちもこの国で楽し

く暮らしたいなら、三戒を守り、『謝りソング』を毎日歌うことだな」

その時、ソクラテスたちの頭上に一匹のアシナガバチが飛んできました。ハンドレッドは素早くジャンプしてそれをくわえました。でも次の瞬間、吐き出しました。

「ちくしょう！　舌を刺された」

ハンドレッドは地面のアシナガバチを踏みつけましたが、今度は足を刺されて飛び上がりました。

「なんてこった。こんな目に遭うのも、お前らのせいだ！」

ハンドレッドはソクラテスたちに八つ当たりしました。

「もう寝る！　お前らは帰れ！」

ハンドレッドはそう言うと、洞穴の中に引っ込んでしまいました。ソクラテスはその背中に向けて、「ハンニバルの兄弟はどこにいるのですか?」と大きな声で訊きました。すると洞穴の奥から、「スチームボートが棲む東の岩山の下にいる」という声が返ってきました。ソクラテスはまだ訊きたいことがあったので、もう一度ハンドレッドの名前を呼びましたが、聞こえてきたのは大きなイビキだけでした。

ソクラテスとロベルトはふたたびスチームボートがいる東の岩山に向かいました。

ここにはツチガエルたちは滅多に来ません。東の岩山一帯はスチームボートが支配する場所だからです。

岩山のふもとを歩いていると、ハンニバルの姿を見つけました。彼の横には二匹のツチガエルがいました。三匹は岩の上で、こちらに背中を向けた姿勢で体を鍛えていました。

「ハンニバルさん？」

ソクラテスが声をかけました。三匹は運動をやめて振り返りました。

「あなたがたは最近ナパージュにやって来たアマガエルだね」

ハンニバルの言葉に、ソクラテスとロベルトは「そうです」と言って、名乗りました。ハンニバルの弟たちもそれぞれ名乗りました。

「ハンニバルの弟、ワグルラです」

「同じくゴヤスレイです」

二匹の弟もハンニバルと同じような堂々とした体格をしていました。

「ぼくに何か用？」

ハンニバルが訊ねました。

「今日の昼すぎ、あなたは、南の崖にウシガエルが登ってきたと言いましたね」

「ああ、草の上に南の沼の水が垂れていたからね。あの水は南の沼の水に間違いない」

「どうしてそう言えるのですか？」

「ぼくは何度も南の沼に行ったことがあるからね」

「なぜ？」

「ウシガエルは危険なカエルだ。ぼくらは絶えず彼らを見張っている。そのために何度も南の沼に行ったことがある」

ワグルラとゴヤスレイもうなずきました。

ハンニバルが嘘を言っているようには見えませんでした。彼がそんな嘘を言っても得することはありません。でも、デイブレイクだって嘘を言う理由はないように思いました。ソクラテスには、どちらが本当のことを言っているのかわからなくなりました。

それよりも驚いたのは、ハンニバルたちが「三戒」の第一である「カエルを信じろ」を破っているように見えたことです。

それで思い切って訊ねました。

「あなたたちはカエルを信じていないんですか？」

ハンニバルはそれには答えず、逆に訊き返しました。

「あなたはすべてのカエルを無条件で信じることができるのか？」

ソクラテスは一瞬言葉に詰まりましたが、横からロベルトが「信じることは素晴らしいことだ」と強い口調で答えました。

ハンニバルはロベルトの方に目をやりました。

「そう言うカエルにいつも訊くのだが、それならば、今すぐ南の沼に行って、ウシガエルに食べられているカエルたちを助けてやってくれないか」

「それとこれとは関係ない」

ハンニバルは「いつも同じ答えだ」と苦笑しました。

「あなたたち兄弟は、なぜウシガエルを見張っているんですか？」

ソクラテスは訊きました。

「ぼくたちは生まれながらにして体が大きくて力が強い。ウシガエルよりは小さいけど、彼らと戦っても負けることはない」

ソクラテスはハンニバル兄弟を見ながら、腕と足の筋肉がすごいなと思いました。

「ぼくたちは耳もいいし、目もいい」

ゴヤスレイが淡々とした口調で言いましたが、自慢には聞こえませんでした。

「ぼくたちは、亡《な》き父からずっと言われていたんです」ワグルラが言いました。「いつかウシガエルにこの国が襲われるようなことになったら、お前たちは命を懸けて戦え、と」

ソクラテスは驚きました。ワグルラの言葉には「三戒」の第二である「カエルと争うな」を破る意志が明確にあったからです。

「君らは実際にウシガエルと争ったことがあるのか？」

ロベルトが訊きました。

「一度もない。ナパージュでは争いは禁じられている」

ハンニバルが答えました。

「じゃあ、争えないじゃないか」

「でも、そうしないと仲間が殺されるときには戦うよ」

「だけど、三戒を破ると、重い罰《ばつ》が与えられるんだろう」

「その通りだ」

ハンニバルの言葉に、弟たちも黙ってうなずきました。ソクラテスは淡々と答える姿に、彼らの誠実さを感じました。

「三戒を破ると、どうなるの？」

「そのときは多分――ぼくらは縛り首になる。木の枝に吊《つ》るされることになるだろう」

ハンニバルはそう言って、目の前に生えているイチジクの木を指差しました。ソクラテスは木の枝に吊るされたカエルを想像してぞっとしました。

「吊るされるのがわかっていても、戦うのですか」

「それが父の教えだからね」

ハンニバルは笑顔で答えました。ソクラテスは胸が詰まりました。

「そうはならないことを祈っています」

「ありがとう。でも旅のカエルにそう言われるのは複雑な気分だよ。本当はナパージュのツチガエルに言ってもらいたいんだけどね。ぼくらはこの国では誰にも理解されない嫌われものさ」

ハンニバルはそう言うと、初めて少し寂しげに微笑《ほほえ》みました。

その夜、ソクラテスとロベルトはデイブレイクの話を聞こうと、ハスの沼に行きました。

南の崖にウシガエルが登ってきたかもしれないという話を、彼がどう伝えるのか知りたかったのです。

デイブレイクは前に見たときと同じように、ハスの葉に飛び乗りました。

「紳士ならびに淑女の皆様、本日もわたくしの話を聞きにお集まりいただき、感謝に堪《た》えません」

デイブレイクが挨拶《あいさつ》すると、ハスの葉を取り囲んでいたカエルたちが拍手をしました。

「では今日も、ナパージュに起こった様々な出来事を皆さんにお伝えしましょう」

デイブレイクはそう言うと、ナパージュのどこにどんな草が生えたか、エサになる虫がどこに集まっているか、明日の天候はどうなるかなどを話しましたが、それらは退屈な話でした。

そうして一通り話した後で、「そうそう、ひとつ思い出しました」と言いました。

「南の崖にウシガエルが登ってきたという噂がありますが、それは事実ではないので、皆さんはまったく心配することはありません」

カエルたちも別に気にする様子はありませんでした。ソクラテスは「えっ、それだけ?」と思いましたが、口には出しませんでした。

「ところで、皆さんに申し上げたいことがあります」デイブレイクは大きな声で言いました。「この国はますます悪くなっています。食べ物はどんどん少なくなり、我々の生活はさらに苦しくなっています」

ソクラテスは、デイブレイクが前にもこの話をしていたことを思い出しました。

「近頃、若いカエルたちが謝りの心を失いつつあります。一部では、もう謝る必要はないんだと言い出すカエルさえ出てきていると聞きます。そのせいで、最近、ナパージュという国の美しさが揺らいできています」

カエルたちは拍手をしました。

ソクラテスは横で拍手をしているカエルに訊きました。

「この話は前にもしていたね」

「それがどうしたのだ」とそのカエルは答えました。「いい話は何度聞いてもいい」

ソクラテスは黙って肩をすくめました。

ハスの葉の上ではデイブレイクが大きな声で話しています。

「わたしたちが贖罪《しょくざい》の心を失いつつあることによって、ナパージュを取り巻く近隣の国のカエルたちは怒っています。このままでは、ナパージュの平和が危ぶまれます。わたしたちはどうすべきだと思いますか？」

カエルたちから一斉に「謝るべきだ！」という声が起こりました。

「その通り！」デイブレイクは満足そうにうなずきました。「今こそ、『謝りソング』が必要です。さあ、一緒に歌おうではありませんか」

デイブレイクの声に合わせて、カエルたちの合唱が始まりました。

我々は、生まれながらに罪深きカエル
すべての罪は、我らにあり
さあ、今こそみんなで謝ろう

隣にいたロベルトが「素晴らしい」と呟《つぶや》くのが聞こえました。そして同じ歌を口ずさみました。ロベルトはソクラテスが歌っていないのに気付いて、「なぜ歌わないんだ」と訊きました。ソクラテスは「歌詞をよく覚えていないんだ」とごまかしました。

集会が終わって解散すると、ロベルトが感極まったように、「やはりこの国は最高だ！」と言いました。

「ナパージュのカエルたちが善良なのは、生まれた時から毎日この歌を歌っているからだよ。俺は『謝りソング』を聞くたびに、自分が生まれ変わっていくような気持ちになる。ソクラテスもそんな気分にならないか」

「今のぼくは南の崖のウシガエルのことが気になってしかたがない」

ロベルトはうんざりした顔をしました。

「まだそのことを気にかけているのかい。あれは間違いさ。デイブレイクも言っていたじゃないか」

「ハンニバルは事実だと言っていた」

「あんな嫌われものの言うことを真に受けてどうするんだ。平気で三戒を踏みにじるような兄弟なんだぜ」

そう言われても、ソクラテスはなぜかハンニバルたちのことを嫌いになれませんでした。それに、ウシガエルへの不安を、どうしても拭《ぬぐ》うことができませんでした。

2

翌日、またも平和な空気を切り裂くような悲鳴が轟《とどろ》きました。

その悲鳴は昨日と同じく南の崖から聞こえてきました。ちょうど同じ頃、激しい雨が降り出しました。どしゃぶりの中、たくさんのカエルたちが南の崖に向かうと、崖のふちに一匹のウシガエルが仁王立ちしているのを目にしました。

ツチガエルたちは間近に見る巨大で醜悪《しゅうあく》なウシガエルの姿に悲鳴を上げ、後ずさりました。ソクラテスもまた、その恐ろしい姿にふるえあがりました。

雨の中、ウシガエルは無表情のままツチガエルたちをなめるように見つめています。

南の崖のふちにウシガエルが立っているという信じられない光景を目の前にして、ツチガエルたちはどうしていいかわからないようです。その中にはデイブレイクもいましたが、彼もただ全身をガタガタとふるわせているだけでした。

ウシガエルもツチガエルも動かないまま、恐ろしい緊張に満ちた時間だけが刻々と過ぎていきました。ウシガエルの吐く臭い息がツチガエルたちにも臭ってきます。

そのとき、「ハンニバルが来たぞ!」という声が聞こえました。

ツチガエルの群れの中から、ハンニバル三兄弟がウシガエルに向かって歩いていきます。

ウシガエルは自分に向かってくる三匹のツチガエルを睨みつけました。でも、ハンニバルたちは怖れることなくウシガエルに近付いていきます。どしゃぶりの中、他のツチガエルたちは固唾《かたず》を呑《の》んでその様子を見つめています。ソクラテスもいったいどうなるのだろうかと思いました。ハンニバルたちの体がいくら大きいとはいえ、ウシガエルとは比べものになりません。

ウシガエルは上体を揺《ゆ》すってハンニバルたちに飛びかかろうとする仕草を見せました。何匹かのツチガエルが悲鳴を上げました。

でも、ハンニバルたちは動揺する素振りも見せずに、ウシガエルに近付いていきます。

すると突然、ウシガエルはくるりと背を向けて、崖のふちから降りて行きました。

ツチガエルたちはほっと胸を撫《な》で下《お》ろしました。

「皆さん、見ましたか。今の光景をご覧になりましたか」

デイブレイクが大きな声で叫びました。「これが三戒の力です！」

彼はすっかり興奮していました。

「あの巨大で恐ろしいウシガエルが何もできませんでした。ナパージュのカエルに何の手出しもできなかったのです。なぜだと思われますか――それは、我々に『カエルを信じる』気持ちがあったからです。これこそ、三戒の力に他なりません！」

ツチガエルたちは一斉に歓声を上げました。

「わたくしには最初からこうなるとわかっていました。ですから、ずっと安心して見ていたのです。まったく何の心配もしていませんでした。わたくしは断言します。今後、ウシガエルが崖を登ってやってくることはありません」

デイブレイクは大きなお腹を突き出すようにして言いました。

その時、一匹の若いカエルが言いました。

「ウシガエルが崖から降りたのは、ハンニバルたちが近付いたからじゃないんですか」

「そんなはずはありません。ウシガエルはハンニバルなど恐れません。ウシガエルが崖を降りたのは、ナパージュの三戒を思い出したからです」

デイブレイクにそう言われても、若いカエルは納得がいかないようでした。

「それは違うんじゃないですか」

「君は三戒をないがしろにする気ですね。近頃、君のようなろくでなしの若造が増えています。君のようなカエルがいるから、ナパージュの平和が危うくなるのです」

デイブレイクはそう言うと、突然それまでの柔和な表情を消し、低い声で囁《ささや》くように言いました。「俺がその気になれば、お前など、ナパージュで生きていけなくしてやることもできるんだぞ」

年若いカエルはふるえながら、「すみませんでした」と謝りました。

ソクラテスはデイブレイクの意外な一面を見て少し驚きましたが、それよりもさっきから気になっていたのは、ハンニバルたちのことでした。

三兄弟はデイブレイクの話などにはまったく関心を払わず、降りしきる雨の中で、ウシガエルが立っていた草の上や降りていった崖のルートなどを黙々と調べていました。彼らにとってはそのほうがよほど重大なことのようでした。

その夜、デイブレイクはいつものハスの沼の集会で、この出来事を詳しく述べた後、「三戒」の素晴らしさを滔々《とうとう》と語りました。

そして演説の最後にハンニバル兄弟の危険性について言及しました。「彼らはもう少しでウシガエルに争いを挑むところでした。もし、ハンニバルたちがウシガエルに手を出していたら、とんでもない事態になったのは間違いありません。しかし、賢明なるウシガエルがそれを避けたので、最悪の事態は免《まぬか》れました。ウシガエルは我らが三戒の素晴らしさを知っています。それで自らが争いを避けるように、崖を降りていったのです。ウシガエルの節度ある行動によって、争いは回避されました」

ハスの沼に集まったカエルたちは一斉に拍手を送りました。

「だが、問題はハンニバルたちです！」デイブレイクは大声で言いました。「彼らはウシガエルを挑発したのです。そのせいで、もう少しで、ウシガエルと争いになったかもしれません。そうなれば大きな戦いになった可能性があります。最悪の結果――何の罪もない我々がハンニバルのせいで命を失ったかもしれないのです」

カエルたちは怒りの声を上げました。

「わたくしは今日ほどハンニバルの危険性を感じたことはありません。このままハンニバルたちを自由にさせておけば、今に彼らはナパージュに大いなる厄災《やくさい》をもたらすに違いありません！」

カエルたちから「そうだ、そうだ、その通り！」という声が起こりました。

「ハンニバルたちの力は、争いのための力です。これは三戒に違反するものです。三戒の三には、『争うための力を持つな』とあります。そこで、わたくしは提案したいと思います。ハンニバルたちの力を奪ってしまおう、と。そのために彼らをエサのない場所に閉じ込めるのです。そうすれば彼らも痩《や》せ細り、力も出なくなります」

カエルたちは「賛成！」と叫びました。それを聞いて、デイブレイクは満足そうな笑みを浮かべました。

「では、わたくしからこれを元老たちに進言することにします」

ソクラテスは、何かがおかしいと思いました。それでロベルトに「ハンニバルたちは悪くないいんじゃないか」と言いました。ところがロベルトは、「デイブレイクの言うことには一理あるよ」と言いました。

「だって、ハンニバルの挑発にウシガエルが襲いかかっていたら、大変な事態に発展したかもしれないだろう」

「でも、そもそも悪いのはウシガエルじゃないのか」

「なぜだ。ウシガエルは何もしていない」

「崖を登ってきたじゃないか」

「そんなことはたいしたことじゃない。争いを避けることのほうがずっと大事だよ」

ソクラテスはそれ以上ロベルトと言い争いをするのはやめました。

そこで、そっと沼を離れて、ハンニバルが棲む東の岩山に向かいました。

岩山の下の草地では、暗闇《くらやみ》の中、ワグルラが体操をしていました。

「やあ、ソクラテスさん」

「ハンニバルさんはいる?」

「ゴヤスレイと一緒に出掛けています」

「ワグルラさんは何をしているのですか」

「体を鍛えているんです。ぼくたちの欠かせない日課です」

ソクラテスは、これがハンニバルたちの力の秘訣《ひけつ》なんだなと思いました。

「さっきまで、デイブレイクの集会にいたのですが」とソクラテスは言いました。

「彼はハンニバルさんたちの力を奪うと言っていました」

ワグルラは驚きませんでした。

「いつものことです。デイブレイクはもうずっと前からそう言っています」

「そうだったんですか。でも、不愉快でしょう」

「もう慣れましたよ。デイブレイクに嫌われるのも、他のカエルたちに嫌われるのも。以前は『カエル殺し』とか『暴力の道具』なんて呼ばれていました」

ソクラテスはあらためてひどい言葉だと思いましたが、そう言われていると知りながら動じないワグルラの心の強さに感心しました。

「ところで今日、ウシガエルと向かい合ったとき、争うつもりだったのですか？」

「争う気はありませんでした。でも、向こうがその気なら、そうするつもりでした」

「向こうにその気はなかった？」

「あの時、兄のハンニバルがウシガエルにこう言ったのです。崖から降りなければ追い落とす、と。すると、ウシガエルは降りていきました」

ソクラテスは驚きました。そんなやりとりがあったのは初めて知ったからです。

「ウシガエルは何か言っていましたか？」

「南の崖はもともとウシガエルのものだから、必ず取り返すというようなことを言っていました」

「じゃあ、またやってくるかもしれないんですね」

ワグルラはうなずきました。

「そのときはどうするの？」

「今日と同じことをするだけです」ワグルラはこともなげに言いました。「速《すみ》やかにナパージュから立ち去ってもらうように伝えます」

「もし――立ち去らなかったら」

「粘り強く説得するしかないですが、それでも立ち去らなかったら――」

ワグルラは険しい顔をしましたが、それ以上何も言いませんでした。

3

デイブレイクは、もうウシガエルがやってくることはないと断言しましたが、翌日、またもやウシガエルが南の崖《がけ》に現れたという報《しら》せがありました。

ソクラテスとロベルトが南の崖に行くと、すでに大勢のツチガエルが集まっていました。崖のふちには不気味なウシガエルの姿がありました。昨日の雨はあがっています。

ツチガエルたちはウシガエルを遠巻きに見つめています。ウシガエルは黙ったままツチガエルを眺めていましたが、やがて崖の下に降りて行きました。

ほっとした空気が流れたのも束《つか》の間《ま》、ウシガエルが降りていった崖の下を覗《のぞ》きこんだ一匹のツチガエルが驚きの声を上げました。なんと、たくさんのウシガエルが崖一面にへばりついていたのです。

他のツチガエルたちもその光景を見て肝《きも》を潰《つぶ》しました。以前は、ウシガエルは崖の中腹までしか登ってこなかったのに、今では崖のふちのすぐ近くまで来ていたからです。そこから崖の上まではほんのわずかです。いつでも登ってこられます。

このことはすぐにナパージュ中に伝わり、ツチガエルたちの間に動揺が広がりました。

その夜に開かれたハスの沼のデイブレイクの集会には、いつも以上に大勢のカエルたちが集まりました。

「皆さん、何も心配することはありません」

デイブレイクがハスの葉の上から言いました。

「ウシガエルたちには悪意は皆無です。もし彼らに悪意があるなら、すぐにでも南の崖を上がって来るはずです。たしかにこの三日ほどちょくちょく上がって来てはいるようですが、我々が行けばすぐに降りていきます。これはウシガエルには何の悪意もないということの証左《しょうさ》にほかなりません」

カエルたちの顔に安堵の色が浮かびました。

「でも、崖一面にウシガエルがいるのはおかしいじゃないか」

誰かがそう言いました。何匹かのカエルがそれに同調しました。

「何もおかしいことではありません」デイブレイクは落ち着き払って答えました。

「もともとナパージュの国は崖の上にあります。だから、崖の壁の部分は我々の国のものとは言えないのです」

「でも長い間、ウシガエルは壁の中腹までしか登ってこなかった」

「それにはわけがあります。崖の壁はどちらのものだという取り決めを、ナパージュとウシガエルたちとの間ではっきりと結んでこなかったのです。それで真ん中から上半分はナパージュのもの、下半分はウシガエルたちのものという不文律《ふぶんりつ》ができていたにすぎません」

「それなら、ウシガエルがそれを破ったことになる」

デイブレイクは少し困ったような顔をしましたが、すぐに自信たっぷりに言いました。

「そんなもの、破られたところで、どうということはありません。なぜなら、崖の壁の部分は、ナパージュにとって何も重要なものではないからです。それとも、あなたはそんなどうでもいい壁ごときで、ウシガエルと争いたいと言うのでしょうか？　ウシガエルと争うということはどういうことかわかっているのですか。大勢のツチガエルが死ぬことになるんですよ。その上、たとえ勝ったところで、何の役にもたたない崖の壁を手に入れるだけのことです。つまり、そんな争いはまったく無意味ということなのです。そんなことは絶対に行なってはなりません。皆さん、そうではありませんか」

カエルたちは口々に「そうだ、そうだ、その通り！」と言いました。

「デイブレイクの言う通りだな」ロベルトはソクラテスに言いました。「さすがはナパージュで一番の物知りと言われるだけのことはある」

ソクラテスは曖昧《あいまい》にうなずきました。たしかに、役にもたたない崖の壁をめぐって命を失うような争いをするのは無意味だというデイブレイクの言い分は理解できました。でもその一方で、何の意味もない土地だから他のカエルにやってもいいというのは、何か違うような気がしました。ただ、それはロベルトには言いませんでした。

デイブレイクが心配無用と言っても、南の崖一面がウシガエルに占拠《せんきょ》されているということは、ナパージュのカエルたちにとってはやはり見過ごすことのできない事件でした。

そこで元老会議が開かれることになりました。

元老会議はナパージュの中央に位置する緑の池の中の小島で行なわれます。元老以外のカエルは会議には参加できませんが、池から会議を見ることはできます。

その日、元老会議が行なわれる小島の周囲には、たくさんのカエルが集まりました。

ソクラテスとロベルトもハインツに連れられて、池から遠巻きに会議を眺めました。

「ぼくは元老会議が好きで、暇なときは見に来るんです」

ハインツがちょっと得意そうに言いました。

ハインツは会議の仕組みを説明してくれました。元老会議はカエルたちによって選ばれた七匹の元老で構成されています。七匹のうちの三匹は年取ったカエルで、残りの四匹が壮年のカエルでした。

まず壮年のカエルが立ち上がって発言しました。

「ウシガエルたちが南の崖を登ってくるというのは由々《ゆゆ》しき事態です。ナパージュはこれを放置はできません」

ハインツが「彼の名前はプロメテウスです。一番若い元老で、言うことがいつも過激です」とソクラテスに教えてくれました。

次に年老いた元老がゆっくりと立ち上がりました。

「彼はガルディアンです。一番の年長者で長《おさ》とも呼ばれています」

ハインツが言いました。

ガルディアンがしわがれた声で言いました。

「今、ナパージュでは、ウシガエルたちが襲ってくるというデマが飛び交っているが、これは根も葉もないことである。ウシガエルは友好的なカエルである。長い間、ナパージュとは争いがなかった。したがって、ウシガエルをどうするかという、この会議そのものが無駄なのである」

ガルディアンは全身が皺《しわ》だらけで、お腹《なか》にも何本も皺がありました。ソクラテスが数えると、皺の数は九本もありました。

次に、別の年老いた元老が発言しました。

「わたしもガルディアンと同じ意見である。ウシガエルたちと争うようなことはしてはならない」

もう一匹の年老いた元老も同じことを言いました。

それに対してプロメテウスが言いました。

「ウシガエルたちに悪意がないとどうして言えましょう。彼らは非常に残忍で獰猛《どうもう》なカエルなのです。彼らは南の沼に棲《す》む多くのカエルを食い殺しているのですよ。こんなことが許されますか」

それに対してガルディアンが言いました。

「プロメテウス、南の沼はウシガエルたちのものだ。彼らがそこで何をしようが、彼らの自由である。しかし彼らもここナパージュでは、そんなことはできない」

「どうしてできないのですか？」

「ナパージュには三戒があるのを君は知らないのか」

「知っていますよ。けれども、ウシガエルの国には、三戒はありません」

「それがどうしたのだ。君はいったい何が言いたいのかね」

プロメテウスははっきりした声で言いました。

「ウシガエルたちには、三戒を守る義務がないということです」

プロメテウスの言葉は、元老会議を見ていたカエルたちに衝撃を与えました。

たしかにナパージュのカエルたちは「三戒」を守って、他のカエルを信じて争いはしませんが、ウシガエルの国には「三戒」はありません。ないものを守るはずはありません。

「たしかに、そうだよな」

ロベルトがソクラテスに言いました。ソクラテスは心の中で、そんなことは最初からわかっていたことではないかと思いましたが、口にはしませんでした。

プロメテウスはさらに言いました。

「南の崖の上に、石を並べるのはどうでしょう。ウシガエルが登ってきたら、それを落とすのです。そうすれば彼らは登ってこられなくなります」

何匹かの元老たちは「言語道断《ごんごどうだん》だ！」と叫びました。

「プロメテウスは、それが三戒に違反する行為だという

ことがわからないのか！」

　ガルディアンは怒鳴りました。でもプロメテウスは動じません。

「これはカエルと争うものではありません。あくまでウシガエルが登ってこられないようにするための方策のひとつにすぎません。したがって、三戒には抵触《ていしょく》しません」

「詭弁《きべん》だ！」

「ごまかしだ！」

　元老たちが騒ぎました。そんな元老たちにプロメテウスが言いました。

「では、皆さんにお訊《たず》ねしたいが、ウシガエルが大挙《たいきょ》して南の崖を登ってきたら、どうします？」

　元老たちは誰もすぐには答えられませんでした。

　短い沈黙の後、誰かが、「ウシガエルが登ってきたときに石を落とすとして、誰が落とすんだ？」と質問しました。

「ハンニバル兄弟です」

　プロメテウスは答えました。

「それはいかん」とガルディアンは言いました。「たしかにハンニバル兄弟は力が強い。大きな石も落とせるだろう。しかし彼らがいったん三戒を破ったら、歯止めが利《き》かなくなるぞ。そのままウシガエルと争うようなことになれば、大変なことになる。そうならないように、彼らにこそ、三戒を徹底的に守らせないといかんのだ」

元老たちは「その通りだ！」と言いました。

「ウシガエルがツチガエルに危害を加えるかもしれないという前提がそもそもおかしいのではないかな」元老の一匹が言いました。「彼らはなにもしないかもしれない」

「何もしなければ、彼らが南の崖を登って来てもいいのでしょうか？」

プロメテウスが問うと、その元老は「それならばいいのではないかな」と答えました。

「では、ナパージュの国の意味は何でしょう。南の沼のウシガエルが自由にナパージュに出入りしてもいいとなれば、ここがわたしたちの国であるという意味はどこにありますか？」

その元老は答えられませんでした。

結局、元老会議は何も決めることはできませんでした。

4

元老会議でのプロメテウスの発言は、その日のうちに国中に広まりました。

ふだんは元老会議なんか見ることもなく、歌と踊りにしか興味がないカエルたちまでもがこのことを知ったのは、お祭り広場でマイクが話していたからです。

マイクは、歌と踊りの間に何度もしゃしゃり出ては、「プロメテウスは最低の元老だ！」と繰り返し言いました。元老会議を見ていないカエルたちには何のことか今ひとつよくわかりませんでしたが、自分たちが大好きなマイクが言うのだから、そうなんだろうと思ったようです。

またデイブレイクの集会にはいつもの倍以上のカエルたちが集まりました。

デイブレイクはいつも以上に大きな声で言いました。

「皆さん、今、このナパージュで大変なことが行なわれようとしています。なんと、元老のプロメテウスが、ハンニバルにウシガエルを攻撃させようとしているのです。これは明らかに三戒を破る行いです。プロメテウスはハンニバルに多くのカエルを殺す手伝いをさせようとしているのです」

ハスの沼に集まったカエルたちの間でどよめきが起こりました。

「こんなおぞましいことが行なわれてよいのでしょうか。断じて否《いな》です！　何としてもプロメテウスの案を葬《ほうむ》り去らなければなりません！」

カエルたちは一斉に拍手をしました。

そのとき、一匹のツチガエルが「それは違うと思います」と言いました。皆がそのカエルに注目しました。若いカエルでしたが、前にデイブレイクに異を唱えたカエルとは別のカエルでした。

「プロメテウスさんはナパージュを守ろうと真剣に考えているんじゃないでしょうか」

「何っ！」とデイブレイクは睨《にら》みつけました。

「彼はウシガエルの襲撃からナパージュを守ろうとしているように思いますが、違うのでしょうか」

何匹かのカエルが「そうかもしれない」と言いました。

デイブレイクの顔が怒りでみるみる赤くなりました。

「お前は争いがしたいのか！」デイブレイクは怒鳴りました。「ウシガエルと争うことによって、この国をめちゃくちゃにしたいのか。三戒を破りたいなどというカエルは、ナパージュの敵だ！」

「すみません。わたしは何も争いを望んでいるわけではありません。プロメテウスさんはむしろ争いにならないようにしているのではないかと思ったので、そう言ったまでです」

若いカエルはデイブレイクのすごい剣幕《けんまく》に少し怯《おび》えたようでした。でも、デイブレイクは容赦しませんでした。

「お前みたいな若いカエルが天下のデイブレイク様に意見をして、ただですむと思っているのか。お前など葬り去るのは簡単なんだぞ！」

デイブレイクはどすの利いた声で言いました。ソクラテスは、デイブレイクが前にも同じようなセリフを口にしたことを思い出しました。

若いカエルは「もう言いません。許してください」と謝りました。

デイブレイクは、周囲を見渡して、「さっき、こいつの言葉に、そうかもしれないと言ったのは誰ですか」と大声を張り上げました。誰も名乗り出るものはいませんでしたが、「こいつです！」という声が方々で起こりました。

見ると、何匹かのカエルが大勢のカエルたちに殴られています。

「彼らは三戒の敵です。つまり、ナパージュの敵です。許してはなりません」

デイブレイクは言いました。

結局、何匹かのカエルは集会の場から叩《たた》き出されました。

ソクラテスはそれを見て、デイブレイクは恐ろしい権力を持っているカエルだと思いました。彼を怒らせれば、この国では生きてはいけない——。

デイブレイクは再び演説を始めました。

「プロメテウスは大きな間違いを犯しています。それはウシガエルが凶悪であるという誤った前提に立っているということです。わたくしはウシガエルのことをよく知っています。彼らは友好的で心優しいカエルです」

ソクラテスはその言葉に疑問を持ちました。ウシガエルが友好的で心優しいカエルなどとは一度も思ったことがないからです。それにデイブレイク自身もウシガエルを見てふるえていたのを思い出しました。

デイブレイクはさらに大きな声で言いました。

「かつてナパージュのカエルはウシガエルを大勢殺して食べました。責められるべきは我々にあります」

周囲のカエルたちに動揺が走りました。

「さあ、皆さん、『謝りソング』を思い出そうではありませんか」

デイブレイクは歌い出しました。

我々は、生まれながらに罪深きカエル

すべての罪は、我らにあり
さあ、今こそみんなで謝ろう

カエルたちは全員で合唱しました。

歌が終わった後、ソクラテスは小さな声でロベルトに訊《き》きました。

「ちっぽけなツチガエルがウシガエルを大量に殺して食べたって、本当かな？　そんなことできるのかな」

「ローラは、デイブレイクは嘘《うそ》をつかないと言っていた」

ロベルトは答えました。

ソクラテスはそばにいたツチガエルに、「かつてツチガエルがウシガエルを大量に殺して食べたというのは本当なのですか」と訊いてみました。するとそのカエルは、「ああ、本当だよ」と答えました。「残念なことだけどね」

その隣にいたカエルも、「我々、ナパージュの民の大きな罪の一つだ」と言いました。

ソクラテスは二匹に丁寧に礼を言うと、集会から離れました。

「ぼくにはよくわからなくなってきたよ」ソクラテスは言いました。「ナパージュのカエルたちは、本当はすごく恐ろしいカエルなんだろうか」

「きっとそうなんだよ」ロベルトが言いました。「そのために、三戒でそうした凶暴性を抑えているんだ。そのタガが外れたら、ナパージュのカエルたちは大勢のカエルを殺すことになるんだよ。だからこそ、ガルディアンは反対しているし、デイブレイクも、マイクも反対しているんだ」

考え込むソクラテスに、ロベルトはたたみかけるように言いました。

「プロメテウスは危険なカエルなんだよ。ナパージュのカエルをもう一度恐ろしいカエルに戻そうとしているんだ」

「そうなのかな、ぼくにはナパージュのカエルがそんなカエルには見えないんだけど」

「カエルは見かけによらないんだよ」

ロベルトの言葉に、ソクラテスは苦笑いしました。

「ハンドレッドに訊いてみるというのはどうだろう」

「あの嫌われものにか？」

ロベルトはあまり気が乗らないようでしたが、反対はしませんでした。

二匹はハンドレッドが棲んでいる北の洞穴に行きました。

洞穴の入り口には相変わらず食べカスやゴミが散乱していました。洞穴の入り口で名前を呼ぶと、しばらくしてハンドレッドが機嫌の悪そうな顔をして現れました。

「なんだ、またアマガエルか。何の用だ？」

ソクラテスは、いましがたデイブレイクから聞いた「昔、ナパージュのカエルがウシガエルを大量に殺した」という話をし、それは本当のことなのかどうかを訊ねました。

「ああ、その話か」ハンドレッドはうんざりした顔で言いました。「ウシガエルたちが方々で言いまくっていることだ。今では世界中に広まっている」

「ということは事実なんですね」

「事実のはずがないじゃないか。ウシガエルの奴《やつ》らは根っからの嘘つきだ」

「そうなのですか」

「それにだ――」ハンドレッドは言いました。「その嘘を広めたのはデイブレイクだ」

ソクラテスとロベルトは驚きました。

「昔、ウシガエルとナパージュが争ったことはたしかだ。そのとき、ウシガエルがそんな嘘を言い出したが、信じるカエルはどこにもいなかった。全部でたらめだったからだ。ところが、争いが終わって何年も経《た》ってから、デイブレイクが大々的に言い始めたんだ。我々はウシガエルを大量に殺して食べた、と。デイブレイクは毎日毎日、集会で言い続けた。その結果、ナパージュのカエルたちもそれが本当だと思いこんだ」

「どうして——デイブレイクはそんなことを？」

「知らんよ。あいつの考えていることなんか。ただ、デイブレイクはナパージュの悪口が大好きなカエルなんだ。ナパージュのカエルを貶《おとし》めるためなら、どんな嘘だってつく。それをナパージュだけでなく、外の世界に向けても言いふらしている」

ソクラテスは啞然《あぜん》としました。

「情けないことに、善良なナパージュのカエルたちはそんな嘘を簡単に信じてしまった。とくにデイブレイクの集会に集まるカエルたちはいちころだった」

「でも、いくらデイブレイクが集会で毎日言い続けても、事実じゃなければ、簡単に信じたりはしないでしょう」

「『謝りソング』のせいだ。ナパージュのカエルたちは生まれた頃からあの歌を聞かされて育っている。だから、自分たちの祖先は世界一悪いことをしたと思い込んでるのさ。それで、デイブレイクの嘘を毎日聞かされているうちに、信じてしまった。それにどういうわけか、デイブレイクはこの国一の物知りと言われていて、嘘をつかないと思われている。実際は大嘘つきなのに！」

ハンドレッドは吐き捨てるように言いました。

「デイブレイクは、昔、ナパージュがエンエンのヌマガエルのメスガエルを大量に奴《ど》隷《れい》にして、いたぶったという嘘もついた。その嘘にエンエンという国が乗っかって世界にそれを広めている。しかしなぜかナパージュのカエルたちはそれも信じている」

ソクラテスはそれについては反論も肯定もできませんでした。

「実はエンエンの国は二つあるんだ。ヌマガエル同士が争って二つに分かれたんだ」

「どうしてですか？」

「そんなことは知らんよ。とにかく二つの国ともナパージュを目の敵にしているが、一つの国はこっそりとナパージュにやって来て、若いツチガエルを攫《さら》っていく」

ソクラテスとロベルトは驚きました。

「ナパージュは黙っているんですか？」

「元老たちはやめてくれとお願いしている。攫われたツチガエルを返してくれとお願いしているがまったく聞いてもらえない」

「なぜ、力ずくで奪い返さないんですか？」

ソクラテスの言葉に、ハンドレッドは呆《あき》れたような顔をしました。

「ナパージュには三戒があるのを忘れたのか」

ソクラテスは、あっ、と思いました。たしかに三戒を守れば、エンエンの国と争うことはできません。

「じゃあ、攫われたツチガエルは――」

「エンエンが返してくれるのを待つだけだな」

ソクラテスは言葉を失いました。

「ナパージュのカエルたちの欠点は善良すぎることと、カエルの言うことを信用し過ぎることだ。だが――俺の言うことは、誰も信用しない」

ハンドレッドはそう言って大きな声で笑いました。

「ぼくたちも、あなたの言うことはすぐには信用できない」

「別に信じてもらわなくてもかまわんよ。ただ、信頼できない奴の話なんか、聞いても無駄だろう。教えてくれというから教えてやったのに、随分アホらしい時間を使ったよ」

ハンドレッドはそう言うと、洞穴の奥に入っていきました。

「彼の話をどう思う?」

ソクラテスはロベルトに訊ねました。

「でたらめを言って俺たちをからかったんじゃないかな。だってデイブレイクはナパージュのツチガエルだ。嘘をついてこの国を貶める理由がないし、何の得もない」

ソクラテスはうなずきました。

「だとすると、ハンドレッドは単なるひねくれものか」

「そういうことだ」

「それにしても」とソクラテスは言いました。「この国ははたしてどうなるんだろう」

ロベルトも「まさかこんな騒ぎになるとはな」と顔をしかめました。

「でも、ぼくにはプロメテウスの言うことは納得できる。崖からいつでも石を落とせるようにしておけば、ウシガエルたちも簡単には崖を登ってこられないと思う」

「それって、三戒に違反するじゃないか。この国では三戒は絶対に守らなければならないんだぜ」

「そうは言っても、三戒を守った結果、南の崖をウシガエルに奪われたらどうするんだ」

ソクラテスがそう言うと、ロベルトは黙ってしまいました。

5

翌日、再び元老会議が開かれました。

この日も、何もするべきではないというガルディアンたちの意見と、ウシガエルが登ってこられないように策を練《ね》るべきだというプロメテウスの意見とが真っ向からぶつかり、一日かかっても結論は出ませんでした。

ところが、その日の夜、南の崖の上に、今度はウシガエルが二匹現れたという情報がもたらされました。これまでは一匹だったのが二匹になったということで、カエルたちも恐怖にふるえました。

にもかかわらず、その翌日に開かれた元老会議でも議論は相変わらず平行線のままで終始しました。

その日の会議の終わりに、プロメテウスは言いました。

「このままでは何も進みません。そこで、別の案を提案したいと思います。スチームボートに、南の崖を見張ってもらうというのはどうでしょう」

すると、ガルディアンは「それは悪くない考えだ」と言いました。

「もともとこの国はスチームボートに守ってもらっていた。最近はなぜかあまり飛ばなくなったが、今一度、昔のように南の崖のあたりを飛んでもらおうではないか」

「ガルディアンの言葉に同意する」別の元老が言いました。「我々はスチームボートに東の頂を提供しているのだから、彼にはそれくらいのことはしてもらおうではないか」

他の元老たちもその意見に賛成しました。

「わかりました。それでは、この会議が終わった後、わたしがスチームボートに会って、直接そのことをお願いします」

プロメテウスは言いました。元老会議はそこで終わりました。

「うまいこと考えたな」ロベルトはソクラテスに言いました。「スチームボートが出ていけば、ウシガエルも崖を登ってこれないしな」

「でも、それって結局、ナパージュを守っているのは三戒じゃなくて、スチームボートということにならないか」

「それとこれとは別の話だよ。それに三戒があるから、スチームボートが南の崖を飛ぶんじゃないか」

ソクラテスはロベルトの言葉には強引さを感じましたが、敢《あ》えて反論はしませんでした。

翌日、元老会議の冒頭で、プロメテウスは言いました。

「昨日、スチームボートに南の崖を守ってくれないかとお願いに行きました。すると、スチームボートから、ある提案を出されました」

「その提案とは何だ？」

とガルディアンが訊きました。

「スチームボートは、自分がウシガエルを追い払うときにはツチガエルも一緒に戦うようにと言いました」

その言葉を聞いた途端、元老たちが一斉に叫びました。

「それはならん！」

「そんなことをすれば、完全に三戒違反だ！」

元老会議は騒然となりました。

「でも三戒には、自分たちの国を守ることを禁じるという文言はありません」プロメテウスが言いました。「つまり、ナパージュを守るためには戦うことも許されているはずです」

「プロメテウスよ」ガルディアンが諭すように言いました。「たしかに三戒には、守ることを禁じるという文言はない。自らを守るためには戦うこともやむを得ないのかもしれん。しかしそれは、戦わなければ殺されるという、本当にぎりぎりの状況においてのみ許される行為である。しかも、相手よりもわずかでも強い力で抵抗すれば、三戒違反となる。ウシガエルを追い払うために争うことは、明らかな三戒違反だ」

「しかしウシガエルを追い払わなければ、この国は乗っ取られるかもしれないんですよ。国を奪われたら、いずれは彼らに食べられてしまう可能性もあります」

「考えすぎだ」

「そうでしょうか。南の沼に棲む多くのカエルたちが毎日、ウシガエルに食べられているのをご存じないのですか」

「それとこれとは関係ない」

「関係ないって――。同じことがわたしたちの身の上にも起こる可能性があるのですよ」

「そんな先の仮定の話はやめようではないか。今はウシガエルが崖を登ってきたらどうするかという話をしておる」

「だからその時は、スチームボートと一緒にナパージュを守るために立ち上がるべきだと言っているのです」

「それは三戒違反だとさっきから言っておる」

「では、スチームボートがわたしたちを守るために戦っているときに、わたしたちはスチームボートを助けることができないのですか」

「そういうことだ」

プロメテウスは呆れたような顔をしました。それから力なく首を横に振りました。

「スチームボートは他になにか言っていたか」

「自分にも敵がいると言っていました。他の敵――タカやキツネに襲われたとき、ツチガエルの毒を使って助けてほしいと」

「話にならん！」ガルディアンが吐き捨てるように言いました。「それではまるでスチームボートの戦いに参加させられるということではないか」

元老会議は再び騒然としました。

「皆さん、落ち着いてください」プロメテウスは言いました。「そんなことはまず起こり得ないと思います。おそらくスチームボートは同等の条件を出しただけだと思います」

「同等の条件とは？」

「あくまでスチームボートとツチガエルが互いに守り合おうという条件を出したのだと思います。スチームボートはたしかに年老いている。しかし、それでも強い。スチームボートを脅《おびや》かす敵など実際には考えられない。でも、ツチガエルを脅かす敵はそこらじゅうにいる。だから、この条件はわたしたちがすごく得をする話だと思うのです」

ガルディアンは「甘い！」と一蹴《いっしゅう》しました。

「何が甘いのですか？」

「上手《うま》いことスチームボートに言いくるめられて帰ってきたな。君はまだまだ若いし、甘い。スチームボートはツチガエルを家来にして、自分の戦いに自由に使おうとしているのがわからんのか。そんな条件を呑《の》めば、我らはスチームボートの背中に乗せられて、世界中で争うことになる。しかもスチームボートがやりたがっている戦いでな」

ガルディアンがそう言うと、元老会議を見守っていたカエルたちのあいだに悲鳴が起こりました。そして一斉に「反対！」という声が上がりました。

「わたしの話をよく聞いてください」プロメテウスが言いました。「お互いに攻められたときは、守るために助け合おうということです。スチームボートの背中に乗って、世界中で戦うなんて話はまったくしていません」

「君は若いから何も知らない」ガルディアンは言いました。「スチームボートはかつて世界を支配した王だ。今でも世界中に敵がいる。噂《うわさ》では今もしょっちゅう戦っていると聞く。そんな戦いに巻き込まれるわけにはいかん」

ガルディアンの言葉に、小島の周囲に集まったツチガエルたちは、「そうだ、そうだ、その通り！」と声を上げました。

「待ってください。この協定はスチームボートと組んでウシガエルの国を攻めようというものではないんですよ。ウシガエルがナパージュに攻め込んできた時には、一緒に守ろうというものなんです」

「それは三戒違反だと何度も言っている」

「では、ウシガエルたちが南の崖を登ってくるのをどうやって防ぎますか？」

「それはこれからゆっくりと考えればいい」

「ゆっくりとですって――」プロメテウスは声を荒らげました。「すでに何匹もウシガエルが崖の上に上がってきてるんですよ。ゆっくりなんかしている時間はないんです！」

「では、どうするんだ」

「わたしたちだけではとてもウシガエルは防げない。スチームボートに守ってもらうしか方法はない。そのためにはスチームボートと協定を結ぶしかありません」

「何度も言うように、それは三戒違反だ。何があっても三戒を破ることだけは許されない！」

「ナパージュが危なくなってもですか？」

プロメテウスは悲痛な声で叫びました。

それに対してガルディアンは落ち着いた声で言いました。

「そうだ」

結局、その日の元老会議も、延々と話し合って何の結論も出ませんでした。

ソクラテスは元老会議を見つめていたカエルの一匹に訊《たず》ねました。

「元老会議って、いつもこんな具合なのですか？」

「まあだいたいこんな感じだな」そのカエルは答えました。「大事な話は、いつも反対する元老がいるので、すんなり決まることはない。でも、今回はまだましな方だ。前に、エンエンの国がカエルツボカビ病にかかったヌマガエルをナパージュに入れようとした時はひどかった」

「カエルツボカビ病ですって！」

ソクラテスとロベルトは同時に声を上げました。カエルツボカビ病は怖《おそろ》しい伝染病で、そんなものが国に入れば大変なことになります。

「その時、元老会議はカエルツボカビ病のことなんかほったらかしで、お祭り広場のハエをプロメテウスが勝手に食べたとか何とか、どうでもいい会議を延々とやっていた」

ソクラテスは唖然としました。

その時、元老会議でプロメテウスが立ち上がって大きな声で言いました。

「このまま何も決まらないで、ずるずると時間が経ってもいいのですか」

「それは仕方がないだろう。今、話し合っていることはとても大切なことだ。焦《あせ》って結論を出すことはない。最善の結論が出るまで、何日でも話し合えばいい」

ガルディアンは言いました。

「いいですか。今こうしている間も、南の崖にはウシガエルたちが登ってきているのですよ。今朝《けさ》は崖のふちに三匹現れたのを見たというツチガエルがいます。元老会議で何も決まらないというのは、この切羽つまった状況に対して、何の対策もしていないのと同じではないですか」

その言葉を聞いて、会議を見つめていたツチガエルたちに動揺が走りました。

「毎日、ウシガエルが南の崖を登ってくることに関して、わたしはスチームボートに助けてもらってはどうかという案を出しました。皆さんはそれに反対するだけで、では、南の崖をどうやって守ろうかという具体的な案を、少しも出されないではありませんか」

元老たちは困ったような顔をしました。

「わたしたちにはもうあまり時間がありません。そこで、あと一回だけ会議を開いて、スチームボートと協力することを決めようではありませんか」

「一回では足りない！」

何匹かの元老が反対しました。

「では、何回会議をすればいいのですか」

「十分に話し合うことが大切だ」

「その間、ウシガエルたちが待っていてくれるのでしょうか」

元老たちは黙ってしまいました。

「では、あと何回の会議で決定するかについての会議をしよう」

「いい加減にしてください！」

プロメテウスは怒鳴りました。それまで温厚だったプロメテウスの剣幕に元老たちは驚きました。

「ことは一刻を争うんです。明日、このわたしたちがスチームボートと協力しあって南の崖を守るかどうかを決めるのです!」

六匹の元老たちはプロメテウスの勢いに呑まれたのか、それを了承しました。

6

元老会議でのプロメテウスの発言は、あっというまにナパージュ中に広まりました。

その夜、デイブレイクはハスの沼の集会で、「スチームボートとの協定」を真っ向から否定しました。

「こんな馬鹿《ばか》げた協定は有り得ません。これは『戦いをするための協定』です。同時に三戒違反でもあります!」

デイブレイクの言葉に、沼に集まったツチガエルたちは拍手しました。

「こんな大きな問題を元老会議だけで決めていいのでしょうか!」

カエルたちは声を揃《そろ》えて、「反対!」と叫びました。

「こんなことが決まってしまえば、我々はスチームボートの手先となって、彼のために戦うことになります。我々はみんなスチームボートの手先として、世界中でカエルを殺すことになるのです。ハンニバルのような『カエル殺し』にされるのです。皆さん、ハンニバルのようになりたいのですか？」

カエルたちは一斉に「いやだ！」と叫びました。

そのとき、一匹のメスガエルが立ち上がって言いました。

「皆さん、聞いてください。わたしにはこどもがいます。やっとできた可愛《かわい》い子です。先日、ようやく後ろ足が生えたのです。まだ池からは出られません。この子が大きくなって戦いの場に送り込まれるなんて、絶対に嫌です」

カエルたちは大きな拍手をしました。

「今の言葉をお聞きになりましたか」とデイブレイクは言いました。「そう。プロメテウスは我々のこどもを戦いの場へと送り込もうとしているのです。プロメテウスは狂っています。彼は戦いがしたくてたまらないのです。それを阻止するためにも、我々はなんとしてもこの決定を覆《くつがえ》さなくてはなりません！」

カエルたちは「そうだ、そうだ、その通り！」と言いました。

「デイブレイクさん」

一匹の若いカエルが手を挙げました。そのカエルはまだお尻《しり》にシッポを残していました。

「もし『戦いをするための協定』が決まれば、ぼくたちが戦うことになるのですか？」

「そういうことです」デイブレイクは答えました。「まさに君たちのような若いカエルが戦って、命を落とすことになります」

「そんなのは嫌です！　ぼくは戦いたくありません」

若いカエルが言うと、彼と一緒にいた仲間のカエルたちも同じように「ぼくたちも戦いたくありません」と声を上げました。彼らも皆、シッポが残っているカエルたちでした。

「デイブレイクさん、今、ぼくは決めました。ぼくたちでプロメテウスの横暴を止めます。仲間たちと一緒に頑張っていきます」

若いカエルの言葉に、デイブレイクは満足そうにうなずきました。

「君の名前は？」

「フラワーズです」

「フラワーズ、君たちのような若いカエルの力がこの国を救うことになります。よろしい、わたくしは全力で君たちの運動を応援します。ともに頑張って、『戦いをするための協定』を潰《つぶ》そうではありませんか！」

シッポをつけた若いカエルたちは喜びの声を上げました。

「ナパージュの若いカエルたちはしっかりしているな」

ロベルトが感心したように言いました。

「うん。まだみんなこどもなのに、この国のことを真剣に考えている」

ソクラテスは答えました。

ソクラテスとロベルトが集会から離れて林の方に向かうと、お祭り広場から楽しい歌声が聞こえてきました。

近付くと、そこにはローラがいました。

「あら、アマガエルさんたちじゃないの」

「今晩は、ローラ」

お祭り広場の中央にはいつものように歌と踊りを披露《ひろう》しているメスガエルたちがいました。やがて歌が終わると、マイクが現れました。

「楽しい歌の途中ですが、今夜は残念な話をしなくてはなりません。皆さんもご存じのとおり、今日、元老会議で悪魔のプロメテウスがとんでもないことを決めました。もしプロメテウスが考えているような社会になれば、もうお祭り広場で楽しい歌や踊りなんかできなくなってしまいます」

カエルたちは怒りの声を上げました。

「わたしたちはこの明るく楽しいナパージュの国を守るために、プロメテウスを葬り去らなければなりません」

カエルたちは一斉に「そうだ！」と言いました。

「今夜は、そのために多くの大物たちにも来ていただきました。どうぞ！」

マイクの紹介で、何匹かのカエルが中央に出てきました。それを見たカエルたちは歓声を上げました。

「彼らは誰なの？」

ソクラテスはローラに訊きました。ローラは呆れたような顔をしました。

「ナパージュでは知らないカエルはいないわ。右端のカエルはナパージュで一番歌の上手いカエル。その隣は一番踊りが上手いカエル。その隣は一番面白い話をするカエル。その隣は――」

「みんなナパージュの人気者ばかりということだね」

「そういうこと」

広場の中央では、その人気者たちがプロメテウスの悪口を次々に言いました。そのたびにカエルたちは喝采《かっさい》を送りました。

「こうしてみんなの意見を聞いていると、やはりプロメテウスというのは、とんでもない奴だな」

ロベルトは言いました。

「ナパージュのカエルたちに嫌われているのはたしかだね」ソクラテスは答えました。

「でも、だからといって、とんでもない奴かどうかは、ぼくにはまだ判断がつかない」


次の日、元老会議が行なわれました。

この日は朝からずっと雨が降っていたこともあって、小島の周囲には大勢のカエルたちが集まっていました。ソクラテスとロベルトもそこにいました。

会議の冒頭にプロメテウスが発言しました。

「昨日、南の崖《がけ》を登ったウシガエルは五匹を数えました。これはハンニバル兄弟が確認しています」

元老たちの顔には明らかに動揺の色が浮かびました。

「もはや一刻の猶予《ゆうよ》もなりません。スチームボートとの協定を結ぶ必要があります」

いつもならすぐに反対の声を上げる元老たちも黙って聞いています。おそらく、ウシガエルが一挙に五匹も崖の上に姿を現したという事実を深刻に受け止めているからだろうと、ソクラテスは思いました。

「たしかにスチームボートはわたしたちを利用しようとしているのかもしれません。それは絶対にないとは言えません。しかしわたしたちもまたスチームボートを利用しようとしているのです。すべて自分たちだけが得をする約束事というのは、この世に存在しません。それはあまりにも都合のいい考え方ではないでしょうか。スチームボートが誰かに攻められたならば、わたしたちは彼を助けるために一緒に戦わねばなりません。その代わり、わたしたちがウシガエルから攻められたときは、スチームボートが助けてくれるのです。この恩恵は限りなく大きなものがあります」

元老たちはみんな考え込んでいます。

「みんな、騙《だま》されるな!」

突然、ガルディアンが叫びました。

「プロメテウスは一番大事なことを忘れている。我々には何よりも大切な三戒があるのだ。これを犯すことは許されん。三戒は何としても守らねばならぬのだ!」

池から顔を出して元老会議を見守っていたツチガエルたちに歓声が起こりました。

でもプロメテウスはその声を無視して言いました。

「三戒のために、ナパージュのカエルたちの命が危うくなってもですか？　三戒のせいで国が危うくなっても、三戒を守るのですか？」

「それは詭弁だ！」ガルディアンは叫ぶように言いました。「そんなごまかしの言葉で三戒の矛盾を衝《つ》こうとしても、わしは騙されんぞ。ナパージュが今日まで平和でいられたのは、三戒のお蔭《かげ》なのだ。三戒を失えば、ナパージュの平和もなくなる」

それを聞いた周囲のカエルたちはまたまた大歓声を上げました。

カエルたちは口々に叫びました。

「三戒を守れ！」

「ガルディアン、万歳！」

それを聞いてガルディアンは満足そうに笑みを浮かべました。

「しかし、ウシガエルたちが大量に南の崖を登ってきたら、わたしたちはどうやってそれを防ぐのですか？」

プロメテウスがガルディアンに訊きました。

「簡単なことだ。話し合えばいい」

ガルディアンは胸を張って言いました。それから元老会議を見守っているカエルたちに向かって言いました。

「皆さんもおわかりでしょう。争いは話し合いで解決できるのです。力に訴えることを許してはいけません。話し合いこそ、ナパージュのカエルが取るべき道です」

カエルたちは一斉に「そうだ」「そのとおりだ」と声を上げました。そして「話し合いだ、話し合いだ！」という大合唱が起こりました。

「彼らの声が聞こえるかね、プロメテウス。ナパージュの民の声だよ」

ガルディアンは言いました。

「話し合いですって？　相手は凶悪なウシガエルですよ。話し合って、南の崖から降りてくれるんですか？」

「同じカエル同士だ。話し合えばわかりあえる」

「すると――」プロメテウスは皮肉な笑みを浮かべて言いました。「ウシガエルの国で毎日彼らに食べられているカエルたちは、話し合いが下手くそなカエルということですか」

ガルディアンは一瞬言葉に詰まりましたが、すぐに「そんなのは詭弁だ！」と怒鳴りました。

「誠心誠意、話し合えば、争いは回避できるはずだ。それとも何か、プロメテウス、君は話し合いを拒否して、争いたいのか？」

「とんでもない。とことん話し合いたいとは思っています。しかしその話し合いが上手くいかなかった場合に、ナパージュをどう守るのかという話です。ウシガエルと争うのは最終手段です。そのとき、わたしたちだけではウシガエルと戦うことはできません。だからこそ、スチームボートとの協定が必要なのです。ナパージュにスチームボートがついているとなれば、ウシガエルもおいそれとは手出しができないでしょう」

何匹かの元老がうなずきました。

プロメテウスは言いました。

「わたしたちにはもはや時間は残されていません。もう十分、会議をやりました。今から採決しましょう！」

そのとき、元老会議を見守っていた池の後方から、「ぼくたちは反対です！」という大きな声が聞こえました。ソクラテスが振り返ると、池の縁《へり》に、昨日、デイブレイクと話していたフラワーズが立っていました。そして彼を取り囲むように若いカエルたちの集団がありました。いずれもオタマジャクシからカエルになったばかりの若いカエルたちで、お尻にシッポが残ったままです。

「ぼくたちはウシガエルと戦いたくはない！」

フラワーズが大きくジャンプして叫びました。

「わたしも戦いたくない！」

若いメスガエルもぴょんぴょん跳ねて言いました。それに続いて、他の若いカエルたちも一斉に、「わたしたちは戦いたくない！」と声を合わせて言いました。

そして皆が揃って、「『戦いをするための協定』反対！」と叫びました。

プロメテウスが彼らに向かって言いました。

「若い皆さん、よく聞いてもらいたい。スチームボートとの協定は、『戦いをするための協定』ではありません。その逆で、戦いが起こらないようにするためのものです。ナパージュがスチームボートと手を組んだということがわかれば、ウシガエルも南の崖を簡単には登ってこない。つまりこの協定は、ウシガエルとの戦いを未然に防ぐ力になるのです」

「詭弁に騙されるな！」

ガルディアンが叫びました。その言葉を聞いて、若いカエルたちは一斉にプロメテウスを非難する声を上げました。プロメテウスはその声に負けないくらいの大声で言いました。

「それでは今から、スチームボートと協定を結ぶのに賛成か反対か、決を採ります」

「反対だ！」ガルディアンは叫びました。「そんな採決はさせないぞ」

しかし、七匹の元老中、四匹の元老が決を採ることに賛成しました。

その意を受けて、プロメテウスが「それでは今から採決します」と言いました。

「協定に賛成のものは？」

でも、ガルディアンのわめき声が大きくて、元老たちはプロメテウスの声を聞き取ることができませんでした。プロメテウスは声を張り上げてもう一度言いましたが、ガルディアンは今度は大きな音を立てて池の中に飛び込みました。

そしてそのまま池の水を手でばしゃばしゃ叩き、プロメテウスの声が聞こえないようにしました。ガルディアンに同調する二匹の元老もおなじように池に飛び込み、手と足で水を叩いてやかましい音を立てました。元老会議は無茶苦茶になりました。

それでもプロメテウスは必死で声を張り上げて採決を行ないました。その結果は——賛成四匹、反対三匹でした。反対したのは池の中に入って暴れていた三匹でした。

「元老会議の決定は、スチームボートとの協定が行なわれるべきである、ということになりました」

プロメテウスは言いました。その途端、池を取り囲んでいたフラワーズを中心にした若いカエルたちは怒り狂いました。口々に「反対だ！」「無効だ！」と叫びました。

その時、「皆さん！」という甲高い声が轟《とどろ》きました。エニシダの枝に乗ったデイブレイクでした。彼は高いところから、若いカエルたちに向かって言いました。

「元老はナパージュの民に選ばれたものです。つまり本来、元老というものはナパージュの民の気持ちの代弁者であるはずなのです。元老の意見はナパージュの民の意見であるはずです。そして今、ナパージュの民の気持ちは、『戦いをするための協定』には絶対反対です。ところが今、元老たちは『賛成』を選びました。元老たちは、ナパージュの民の気持ちを代弁していると言えるのでしょうか」

若いカエルたちは一斉に「言えない！」と答えました。今や池の周囲全体が異様な興奮状態に陥っています。

ソクラテスはロベルトに言いました。

「ナパージュの民はスチームボートとの協定に反対というのは本当なんだろうか？」

「この騒ぎを見てみろよ。皆、口々に反対だと言ってるぞ」

「でも、それがナパージュの全カエルの気持ちかどうかはわからないんじゃないか」

ロベルトは「うーん」と言いました。

「フラワーズ君、および若いカエルたちよ――」

池の中にいるガルディアンが言いました。「わしは君たちを応援する!」

池の中にいた他の二匹の元老も、「わしらも応援する」と言いました。

それを聞いて、若いカエルたちは歓声を上げました。

「今こそ、立ち上がるべきです!」デイブレイクがエニシダの枝の上から甲高い声で叫びました。「ナパージュの民の気持ちを代弁しない元老に、もはや元老の資格はない。今こそ、ナパージュの民の気持ちを彼らに教えるべきである」

突然、若いカエルたちが雄叫《おたけ》びを上げながら、元老たちのいる小島に向かいました。つられるように、他の多くのカエルたちも小島に殺到しました。

元老たちは「静まりなさい!」と言いましたが、その声はもう誰の耳にも届きません。今や暴徒のようになったカエルたちは次々に小島に上がってきました。小島を守っていたカエルの一匹が若いカエルたちに押し倒されました。

プロメテウスは彼らに向かって言いました。

「皆さん、暴力はやめましょう。冷静に話し合おうではありませんか」

「話し合いなど無駄だ！」ガルディアンが叫びました。「みんな、『戦いをするための協定』に賛成した元老たちをやっつけてしまえ！」

若いカエルたちはその声に力づけられ、元老たちに襲いかかりました。プロメテウスたちは一斉に小島から逃げ出しました。

若いカエルたちはガルディアンの手を掲げ、「ナパージュの真の指導者はガルディアンだ！」と叫びました。

そして「ガルディアン、万歳！」という大きな声が小島に響き渡りました。

混乱が鎮《しず》まった後、ガルディアンが言いました。

「さきほどの採決を取り消して、もう一度やり直したいと思いますが、いかがでしょう」

フラワーズたち、若いカエルたちは「賛成！」と言いました。でも、小島の周囲にいたカエルたちの何匹かは戸惑っているようでした。元老会議で決まったものを覆していいものだろうかと思っていたようです。

そんなカエルたちに向かってフラワーズが言いました。

「皆さん。元老会議はナパージュの民意を反映するものであるはずです。プロメテウスたちは、ぼくたちナパージュのカエルの意見を代弁する元老ではありませんでした。元老会議は当然、採決をやり直すべきです」

多くのカエルたちがうなずきました。そして残った元老たちによって再び採決が行なわれることになりました。

その結果、三―〇で、スチームボートとの協定案は破棄されることが決定しました。

「わたしはあらためてここに宣言します」ガルディアンは言いました。「我々ナパージュのカエルたちは永久に三戒を守ります。すなわち『カエルを信じろ、カエルと争うな、争うための力を持つな』です」

小島を占拠したフラワーズたちは大歓声を上げました。

「皆さん――」

エニシダの枝の上に乗ったデイブレイクが大きな声で言いました。

「今、わたくしは、生涯でまたと見ることがないであろう光景を目《ま》の当たりにして、言葉を失っています。この驚きと興奮を表す言葉を見つけることができません。なぜなら、長い間、夢見ていた奇跡を目の当たりにしたからです。この瞬間はわたくしの脳裏《のうり》に永久に焼き付き、この世を去る日まで消えることはないでしょう。三戒を守るために、民衆が立ち上がり、ついに国を動かしたのです。すべては平和と三戒を愛するがゆえの行動です。これを奇跡と言わずして何と言うのでしょうか！」

カエルたちは口々に「三戒、万歳！」「ガルディアン、万歳！」「デイブレイク、万歳！」と叫びました。

「ソクラテス」

ロベルトはふるえる声で言いました。

「何だい」

「俺は今、心から感動している。三戒を守るという気持ちが元老会議の決定を引っくり返したんだぞ。これはまさしく三戒が起こした奇跡だ」

「たしかにそうかもしれない。でも、ウシガエルからどうやって南の崖を守るんだい？」

「そんなもの、三戒があれば、守れるさ。今、起こった奇跡をソクラテスも見ただろう。三戒こそは、あらゆる武器に優《まさ》るんだよ」

ロベルトは完全に興奮状態でした。そして言い終ると、ナパージュのカエルたちと一緒に「三戒、万歳！」と叫びました。

その日はナパージュ中がお祭り騒ぎでした。

元老会議に集まったカエルたちは、雨の中、国中をパレードして回りました。興奮したロベルトもそのパレードについていってしまいました。

ソクラテスもパレードの後方について歩いていましたが、ふと、あることに気付きました。それはパレードを冷ややかに見つめているカエルたちが少なくないことでした。

ソクラテスはパレードから離れると、そんなカエルの中の一匹に声をかけました。

「今ひとつ浮かない顔をしているように見えますが、どうしてですか？」

訊《き》かれたカエルは驚いたような顔をしました。

「もしかして、ガルディアンたちの言っていることに反対なんじゃないですか」

カエルは両手を振って「とんでもない」と言いました。

「三戒についてはどう思っています？」

「三戒がナパージュを守ってくれるものなら、尊重すべきだとは思うけどね」

カエルはそれだけ言うと、草の陰に引っ込んでしまいました。ソクラテスはその言い方に、彼が何となく三戒に対して快く思っていないような印象を受けました。もしかしたら、この国には同じような気持ちでいるカエルが少なからずいるのかもしれないと思いました。でも、ナパージュには、それを公然と言える空気はないようです。もしそうならば、デイブレイクが言っていた、「三戒を守ることがすべてのナパージュのカエルたちの願い」というのも怪しいことになります。しかし、もうすべては決定したあとです。賽《さい》は投げられたのです。

翌日、からりと晴れた空の下、元老会議の小島で、ガルディアンは集まったツチガエルたちに言いました。

「昨日、スチームボートに会って、提案された協定は受け入れられないと伝えた。スチームボートは意外そうだったが、お前たちがそう決めたなら、しかたがないと答えた」

カエルたちは歓声を上げました。

「この際だから皆さんにあらためて言っておく」ガルディアンは言いました。「三戒はかつてスチームボートが作ったという誤った考えが一部にあるようだが、それは違う。スチームボートはあくまでも三戒を提案しただけで、それを国の戒めとしたのはナパージュのカエルである。したがって三戒は我らのものである」

カエルたちの「三戒、万歳！」という声が池に轟きました。

「もうひとつ皆さんに伝えておくことがある」ガルディアンはそこで大きな咳払《せきばら》いをして言いました。「スチームボートは今朝――ナパージュを去った」

その瞬間、一部のカエルたちが歓声を上げましたが、多くのカエルたちは不安そうな表情を浮かべました。ガルディアンはすぐにそれを察知して言いました。

「何も心配することはない。この国は長い間、実質、スチームボートに支配されてきた。スチームボートが去ったということは、ナパージュがついに真の意味で独立を果たしたということだ」

「スチームボートはナパージュが協定を受け入れなかったことで、ナパージュに失望したんじゃないか」

小島を囲む池にいた一匹のカエルが言いました。

「それは違う！」ガルディアンは言いました。「スチームボートは我々の自主独立の気概《きがい》を読み取ったのだ。もはや自分の支配する力がナパージュに及ばないということを悟ったのだ。つまり、スチームボートが自分の意志で出ていったのではなく、我々の力がスチームボートを追い出したのだと考えるべきである」

さっきまで不安な表情を浮かべていたカエルたちも一斉に拍手をしました。

このときエニシダの枝に乗ったデイブレイクが大きな声で言いました。

「元老の長、ガルディアンの言う通りです。ナパージュのカエルの中には、我々の平和があるのはスチームボートがいるからだという偽言《ぎげん》を弄《ろう》するものがいました。嫌われもののハンドレッドを始めとするロクデナシどもです。やつらは三戒の素晴らしさを貶《おとし》めようとするとんでもないカエルたちでした。わたくしはここにあらためて断言します。ナパージュの平和は三戒によって守られてきた、と」

デイブレイクは興奮して大きな腹をさらに膨らませました。それで思わず枝から落ちそうになりました。

「我々は長い間、ウシガエルを怖《おそ》れてきました。しかしそれは、実はスチームボートにそう思わされていたからに他なりません。なぜならスチームボートはウシガエルを嫌っていたからです。つまり我々はスチームボートに操《あやつ》られるままに生きていたということになります。しかし今やその軛《くびき》は解かれました。我々はウシガエルと新たな関係を築いていくことになります」

「そういうことである」

ガルディアンは大きくうなずきました。

池の中から「ウシガエルと仲良くなんてやっていけるのか？」という声が聞こえました。

「いける」ガルディアンは胸を張って言いました。「また、そうしないといけない。無闇《むやみ》にウシガエルを敵と見做《みな》すのはもうやめようではないか。ナパージュの中には、スチームボートの意のままにウシガエルを恐ろしいものと思い込んでいるカエルもいるようだ。しかし彼らを恐ろしいと思うことこそが、争いを生みだす元となるのだ。そうした偏見を完全に取り除かなければいけない」

カエルたちは一斉に拍手しました。

「スチームボートが去ってしまって、ナパージュはやっていけるのだろうか」

ソクラテスは小さな声でロベルトに言いました。

「大丈夫だろう。デイブレイクはそう言っていたじゃないか。この国の平和は三戒に守られているんだよ」

ロベルトは笑って答えました。

「それよりも、俺は今、猛烈に感動している。長い間の僭主《せんしゅ》ともいえるスチームボートを、ついにナパージュのカエルたちは追い出したんだよ。これは革命だよ。ナパージュが真に独立を果たしたんだ。俺たちは、そんな奇跡の瞬間に立ち会えたんだよ」

でも、ソクラテスの心からは不安が去りませんでした。

第三章

1

スチームボートがナパージュを去った翌日、南の崖《がけ》にウシガエルたちが大挙して上がってきたという報《しら》せがありました。

ツチガエルたちが南の崖に行くと、崖のふちに十数匹のウシガエルが集まっていました。ソクラテスとロベルトもツチガエルたちと一緒にその光景を目にしました。

カエルたちは互いに無言のまましばらく睨《にら》み合っていました。

やがてツチガエルたちの間から、「ウシガエルは崖から降りろ」という弱々しい声が上がりました。でも、その声は小さくてウシガエルたちには届きませんでした。

ウシガエルたちはまったく崖から降りる気配がありません。それどころか、その数はどんどん増えていきます。

その時、ガルディアンが二匹の元老と一緒に現れました。ツチガエルたちはガルディアンたちに「何とかしてほしい」と頼みました。ガルディアンは表情を引きつらせて、カエルたちに「落ち着くように」と言いました。

「ことを荒立ててはいけない。軽挙妄動《けいきょもうどう》は慎《つつし》むように」

それからガルディアンは少しずつウシガエルたちに近付きました。ウシガエルたちは不気味な笑いを浮かべながらガルディアンを見つめています。

「ウシガエルの皆さん」ガルディアンはふるえる声で言いました。「皆さんが立っておられる場所はナパージュの土地です」

ウシガエルたちはにやにや笑っています。

「皆さん、どうか崖から降りていただけませんか」

ウシガエルたちは返事をしません。ガルディアンはもう一度お願いしましたが、ウシガエルたちは黙ったままです。

ガルディアンはツチガエルたちの元に戻ると、言いました。

「ウシガエルたちには戦意はない。安心するように」

でもカエルたちの不安な表情は消えません。

「彼らは近いうちに崖から降りていく。だから、いたずらに彼らを刺激してはいけない」

誰かが「ウシガエルはいつまで崖の上にいるんだ？」と訊《き》きました。

「明日までだ」ガルディアンが答えました。「わたしの言うことを信じてほしい」

それを聞いてカエルたちの多くもようやく納得しました。

「さあ、みんな、ここから離れよう。みんなが集まっていると、ウシガエルの皆さんに余計な緊張を与える」

ガルディアンの言葉に、カエルたちは南の崖から離れていきました。

でも、ウシガエルたちは翌日になっても南の崖から降りませんでした。それどころか、その数は前日以上に増えました。

翌々日、その数はさらに増えました。さすがにツチガエルたちも不安になりました。

その夜、デイブレイクの集会では、ハスの葉に乗ったデイブレイクが集まったカエルたちの前で熱弁をふるいました。

「皆さんの中にはウシガエルのことで必要以上に不安にかられているものも多いと思います。しかしそれはまったくの杞憂《きゆう》です。ウシガエルには一切の悪意はありません。彼らはただ南の崖が珍しくて登ってきただけにすぎません。言うなれば、お客様です。

本日、ウシガエルたちに向かって『帰れ！』と罵声《ばせい》を浴びせたものがいると聞きますが、とんでもないセリフです。それはまったく非友好的な言葉で、ナパージュのカエルにふさわしくない態度です」

「でも、非友好的なのはウシガエルの方じゃないのですか。無断でナパージュの国に入ってきたんですよ」

一匹のカエルが言いました。デイブレイクはそのカエルを睨みつけました。

「彼らはただ南の崖を登ってきただけです。それを非友好的と決めつけることこそが、いかに非友好的なことか、わからないのですか」

デイブレイクに強い口調で言われたカエルは、恥ずかしそうに下を向きました。

デイブレイクはカエルたちに向かって続けました。

「一部にはウシガエルを追い返そうと言いだしているものもいるようですが、そういう行為は実に危険な行為です。なぜなら、ウシガエルを無理やりに追い出そうとすれば、争いに発展する可能性があるからです」

そこで、彼は一層声を張り上げました。

「たかだか南の崖をウシガエルが登ったというだけで、ウシガエルと全面的に争いをするのは愚かなことだとは思わないのでしょうか。ウシガエルと戦えば、ここにいる何匹かは命を失うことになります。それはわたくしかもしれないし、あなたかもしれません。皆さんはそんなことを望んでいるのでしょうか？」

カエルたちの顔が恐怖にひきつりました。

「今こそ、三戒の精神を思い起こすときです。さあ、わたくしと一緒に三戒を暗誦《あんしょう》しましょう！」

カエルたちはデイブレイクに合わせて「三戒」の教えを口にしました。

一、カエルを信じろ
二、カエルと争うな
三、争うための力を持つな

「ソクラテス」とロベルトは言いました。「やっぱりナパージュのカエルたちはすごいぞ」

「何がだ？」

「実は、俺は少し心配していたんだ。南の崖をめぐって争いになるんじゃないかと思って――。でも、今日のデイブレイクの言葉を聞いて、そうはならないと確信した。

争いは相手を疑うことから始まるんだ。相手を信頼すれば、争いは起こらない」

「でも、ウシガエルはツチガエルを信頼しているのか？」

ソクラテスが訊《たず》ねると、ロベルトは胸を張って答えました。

「ツチガエルの信頼はウシガエルにも伝わるはずだよ。それが三戒の力だ」

2

しかし翌日になってもウシガエルたちは崖を降りませんでした。それどころか、南の崖を自分たちの国のように自由に闊歩《かっぽ》するようになりました。

ナパージュのカエルたちの間に再び不安が広がりました。

デイブレイクは朝の集会で、「動揺してはなりません」と言いました。

「ウシガエルはまだ何もしていません。だから不安に感じることは何もありません。してはならないことは、ウシガエルを強引に南の崖から追い返すような行動を取ることです。そうなれば大きな争いになるので、それだけは絶対にしてはなりません！」

その時、お祭り広場からマイクが叫びながら跳んできました。

「大変なことが起こった！」

「何があったのだ？」ハスの葉の上からデイブレイクが訊ねました。

「さっき、南の崖で、ハンニバル兄弟がウシガエルを崖の下に突き落としたんだ」

カエルたちの間に衝撃が走りました。

「詳しい話を教えてほしい」

デイブレイクに訊かれて、マイクが状況を説明しました。

それによると、ハンニバルの弟のワグルラとウシガエルが南の崖の縁で諍《いさか》いから格闘になり、その結果、ワグルラは崖の上からウシガエルを落としてしまったということでした。

「ワグルラの馬鹿《ばか》め、何ということをしてくれたのだ——」

デイブレイクの顔は青ざめました。

「それで、崖から落ちたウシガエルは死んだのか」

「それはわからない。ただ、ウシガエルたちはかんかんに怒っている。この復讐《ふくしゅう》は必ずする、と」

マイクの言葉を聞いたカエルたちは悲鳴を上げました。

「すぐに元老会議を開くのです！」

デイブレイクは叫びました。

ただちに緊急の元老会議が開かれました。

久々の元老会議でしたが、プロメテウスら四匹の元老は追放されたままだったので、元老は三匹しかいませんでした。

ガルディアンが深刻な顔で言いました。

「今日の元老会議は、南の崖で起こった不幸な事件をどう収束させるかということを話し合う。しかしその前に、この事件の当事者から真相を聞く必要がある。ワグルラ君、出たまえ」

ガルディアンに名前を呼ばれたワグルラが小島に上がりました。

「ワグルラ君、ウシガエルを落とすにいたった経緯を述べたまえ」

ガルディアンの言葉に、ワグルラは落ち着いて答えました。

「朝、わたしは南の崖に行きました。すると一匹のウシガエルが南の崖の縁から離れて、大きくナパージュの国の中に入りこもうとしていました。そこでわたしは、それ以上はこの国に入ってはならないという意志表示をして、手を広げて阻止しようとしました。ウシガエルはいきなりわたしに飛びかかってきました。わたしはそれをよけました。しかしウシガエルは何度も飛びかかりながら、わたしを崖の方に追い詰めました。わたしは崖っぷちに追いつめられました。最後にウシガエルがわたしに飛びかかったとき、わたしはしゃがんでウシガエルの足を払いました。するとウシガエルは足を滑らせ、崖の下に落ちていきました」

小島の周囲にいたツチガエルたちは騒然となりました。

「ワグルラは争った！」

「ワグルラは三戒を破ったぞ！」

カエルたちは口々にワグルラを非難しました。ガルディアンは立ち上がって手を広げ、カエルたちの騒ぎをひとまず静めてから、言いました。

「ワグルラ君、君の行いは三戒違反にあたる」

「わたしは争ってはいません。自分からは一切手を出していません」

「君はウシガエルの足を払ったと言ったではないか」

「そうしなければ、わたしが崖から落ちたか、ウシガエルに食べられていたからです」

「それは君の勝手な理屈だ」

ガルディアンは吐き捨てるように言いました。

「ウシガエルたちから、君の行動に対して激しい非難が寄せられている。それによると、君はウシガエルを挑発し、崖の方に誘いこみ、最後は争う意志のないウシガエルの足を叩《たた》いて、崖から落としたということだ」

　それを聞いたカエルたちはまた騒然となりました。

「ワグルラ君は、三戒を完全に破ったと言える」

「それは違います。ウシガエルは嘘《うそ》を言っています」

　ワグルラは平然として答えました。

「ウシガエルが嘘を言うはずがない」

「どうしてですか?」

「我々は三戒にしたがって、カエルを信頼しなければならない」

「それならば、わたしの言うことも信用してほしい」

　ワグルラの言葉にガルディアンは一瞬返答に詰まりました。

　その時、エニシダの枝の上にいたデイブレイクが大きな声で、「信用できません!」

と叫びました。

「ナパージュのカエルの本質は残虐《ざんぎゃく》なのです。でも、他のカエルはそうではない!」

　その言葉に、池のカエルたちも一斉に「そうだ、そうだ、その通り!」と言いました。

　デイブレイクはさらに大きな声で言いました。

「それに、ウシガエルは崖から落ちた被害者です。被害者が嘘を言うはずがありません。ワグルラが一方的に攻撃したという証言は十分に信頼に値します」

　それを聞いたガルディアンは大きくうなずきました。

「ワグルラ君、やはり君が三戒違反という、とんでもない大罪を犯したのは明白である。君の残虐な行いによって罪のないウシガエルを傷つけてしまった。それに、君の犯した罪はそれだけじゃない。君の愚かな行いは、ナパージュのカエル全員の命を危うくしたのだ。これは絶対に許されることではない。したがって、ナパージュの法の裁きを受けてもらう」

　ガルディアンはここで一息ついて言いました。

「元老会議はワグルラ君に対して、ナパージュの法に則《のっと》り、死刑を宣告する」

　その瞬間、小島の周囲は静まり返りました。でもワグルラは何も言いませんでした。すぐに何匹かのカエルがクサフジの蔓《つる》を持ってきてワグルラの首に巻きつけました。ワグルラはまったく抵抗しませんでした。

「何か言いたいことはないか」

　ガルディアンが訊きました。

「この場にいない兄と弟に伝えてほしい。自分の務めを果たしてほしい、と」

　カエルたちはワグルラの首に巻いた蔓を木の枝にかけ、力を込めて一気に引き下ろしました。ワグルラの足は地面から離れ、しばらく痙攣《けいれん》していましたが、やがて動かなくなりました。

その光景を見たソクラテスは背筋が凍りつきました。ロベルトも顔を引きつらせたまま一言も喋《しゃべ》りません。

ワグルラの死体を枝にぶら下げたまま、元老会議が再開されました。

ガルディアンが言いました。

「ワグルラを処刑したことをすぐにウシガエルたちに知らせよう。そうすることで、悪いのはあくまでワグルラ一匹であって、ナパージュのカエルには何の落ち度もないということが、ウシガエルたちにもわかってもらえるだろう。それでウシガエルたちも南の崖から去っていくはずだ」

二匹の元老が拍手をしましたが、ソクラテスの中には、大きな疑問が生まれました。

3

翌日、ワグルラの死体は南の崖を占拠するウシガエルたちに届けられました。ウシガエルたちは早速、その死体をバラバラにして食べました。

ところが、ウシガエルたちはそれで満足することはなく、ナパージュに対して、南の崖一帯に棲《す》む権利を求めました。

これはガルディアンたちも予想をしていない要求でした。ただちに元老会議が開かれましたが、議論はなかなか進みませんでした。

元老の一匹は、ウシガエルの要求を吞《の》めばいいと言いましたが、もう一匹の元老は、それは拒否すべきだと言いました。ガルディアン自身はなかなか意見を言いませんでした。彼はどうすればよいのかわからなかったのです。

小島を取り巻くツチガエルたちの間でも意見が分かれたようで、方々で言い争いが起こっていました。

その時、池の端から何やら騒がしい声が聞こえました。ソクラテスがそちらの方を向くと、前にカエルたちの暴動で小島を追われたプロメテウスを始めとする四匹の元老の姿が見えました。彼らがカエルたちの前に姿を現したのは、あのとき以来です。

プロメテウスたちは池を泳ぐと、小島に上がりました。そしてあっけに取られているガルディアンに対して言いました。

「わたしたちは今も元老です。したがって元老会議に加わります」

池の周囲のカエルたちの一部は歓声を上げましたが、多くのカエルはプロメテウスたちに罵声を浴びせました。

「南の崖をウシガエルに渡してはなりません！」プロメテウスは言いました。「ナパージュの土地はナパージュのものである。たとえ一部であっても、絶対にウシガエルに渡してはいけないのです！」

プロメテウスの力強い言葉に、罵声を浴びせていたカエルたちも黙りました。

「ウシガエルは、南の崖を渡さなければ許さないと言っている」

ガルディアンは言いました。

「もし南の崖を渡さなければ、ウシガエルがナパージュに攻め込んでくるかもしれない」

別の元老が言いました。

「それがウシガエルのやり方です」プロメテウスは小島の周囲にいるカエルたちにも聞こえるように大きな声で言いました。「わたしたちはこの数日、南の沼の周辺を見て回ってきました。ウシガエルたちは、最初はわずかな土地を奪います。それだけで十分だと言うのです。しかしそれは嘘です。ウシガエルたちは次にまた新たな土地を奪います。南の沼一帯のウシガエルの土地は、そうして奪い取って広げたものです」

カエルたちに動揺が広がりました。

「もう一つ、恐ろしい事実があります。ウシガエルたちは、スチームボートが年老いて飛んでいけなくなった地域から、次々と土地を奪い取ってきたのです」

カエルたちはざわつきました。

「数日前、スチームボートはナパージュを去りました。その途端、ウシガエルが南の崖を占拠したのです。皆さん、はたしてこのまま南の崖をウシガエルたちに明け渡してよいものでしょうか」

「プロメテウス、では、いったいどうするのだ。南の崖をよこせというウシガエルの要求を拒否するというのか」

ガルディアンの言葉に、プロメテウスは「その通りです。きっぱりと拒否をします」と答えました。

「そんなことをしたら、ウシガエルたちは怒り狂うだろう。だから拒否はできないのだ」

「拒否します。だから、そのために――」

プロメテウスは断固とした口調で言いました。

「三戒を破棄することを提案します」

それを聞いたソクラテスは大きな衝撃を受けました。まさかそんな言葉をナパージュで耳にするとは思ってもいなかったからです。

おそらくナパージュのカエルたちも同じ気持ちだったのでしょう。プロメテウスの発言と同時に、池の周囲は水を打ったように静まり返りました。

次の瞬間、大変な騒ぎになりました。小島の周囲を取り囲んでいたカエルたちは誰もが興奮状態に陥りました。「反対!」「許さない!」「三戒を守れ!」という声がいたるところで飛び交いました。他には「バカ!」とか「死ね!」といった罵声、また中には意味のわからない言葉を叫んでいるカエルもいました。鼓膜が破れそうな喧《やかま》しさでした。

ソクラテスはその怒声と叫びの中に、「賛成!」という言葉や「三戒を破棄しろ!」という言葉が混じっているのを聞きました。驚いたことに、それは決して少数ではありませんでした。同じことを思っているのはプロメテウスら四匹の元老だけではなかったのです。

しかしプロメテウスの言葉に反対するカエルたちはまたしても小島に殺到し、元老会議が続けられる状態ではなくなってしまいました。ガルディアンが会議の中止を訴えましたが、騒ぎは収まりそうにもありませんでした。カエルたちは互いに激しく罵《ののし》り合い、また一部では殴り合いなども起こりました。

ソクラテスとロベルトはやっとのことで騒ぎの中を抜け出しました。

「大変なことになったなあ」

林の中に入ったソクラテスは言いました。

「プロメテウスが三戒を破棄しようと言ったときは驚いたよ。まさか元老があああいうことを言うとは――」

「いや、それよりも意外だったのは、それに同調するカエルたちも少なからずいたことだ。ナパージュのカエルたちが皆、三戒を無条件で信奉《しんぽう》しているわけじゃなかったんだよ」

ソクラテスの言葉に、ロベルトは何か考え込んでいるようでした。

そこにローラが通りがかりました。

「あら、おふたりさん、どこにいたの？」

「元老会議を見に行っていた」

「最近よく行ってるわね。あたしなんか元老会議を見ていたら、あくびが出るわ。あたしはさっきまでずっとお祭り広場にいたの。楽しい歌を聴いてたら、すかっとするわよ」

「でも、今、ナパージュが大変な時だよ」

「そう言うカエルもいるみたいね。でも、大袈裟《おおげさ》に言い過ぎよ。三戒を守っていれば、大丈夫なのに」

「元老会議ではプロメテウスが、その三戒を破棄しようと言い出したよ」

「まあ！」

「ローラはどう思う？」

「そんなの絶対にダメよ！」

その答えを聞いて、ロベルトが嬉《うれ》しそうな顔をしました。

「やっぱりそうだよね」

「なぜ、ダメなの？」

ソクラテスはローラに訊ねました。

「そんなの考えるまでもないじゃない。三戒を破棄なんかしたら、この国は恐ろしいことになるのよ」

「どうなるの？」

ローラは、そんなこともわからないのかという表情をしました。

「三戒を破棄したら、ナパージュはいろんな国と争うことになるわ。多くのツチガエルが死ぬことになるのよ」

「本当にそんなことになるのかな」

「みんなそう言ってるわ」

「じゃあ、ひとつ訊くけど、もしウシガエルが攻めてきたらどうするの？」

「攻めてなんかこないわ」

「なぜ？」

ソクラテスの言葉に、ローラはうんざりした顔をしました。

「あなたはナパージュに来て何も学んでいないの？　三戒がある限り、ナパージュは平和なのよ。それに、そんなふうに隣の国に棲むカエルのことを悪く言うのはよくないわ。この国にはウシガエルのことを悪く言うカエルもいるけど、デイブレイクは、そんなことを言うのはよくないっていつも言ってるわ」

「でも三戒があるせいで、エンエンに攫《さら》われたツチガエルを取り返せないと言うカエルもいるよ」

ソクラテスが言うと、ローラは肩をすくめました。

「可哀相《かわいそう》と思うけど、しかたないわね。もういいかしら？　今から遊びに行かなきゃいけないの」

ローラはそう言うと、歌を歌いながら林を抜けていきました。

「これからどうする？」

ロベルトがソクラテスに訊きました。

「陽が落ちたら、デイブレイクの集会に行ってみようか」

「賛成だ」

その夜、二匹はハスの沼に向かいました。そこにはすでに大勢のツチガエルたちが集まっていました。

「やあ、ソクラテスさん」

振り返ると、ハインツがいました。

「君も来ていたのか」

「そりゃあね。ナパージュにとって大事な時ですからね。デイブレイクの話はしっかり聞いておかないと」

その時、ハスの葉にデイブレイクが飛び乗るのが見えました。

「皆さん――」

デイブレイクはこれまで聞いたことがないような大声を出しました。

「本日、長らく姿を隠していたプロメテウスが元老会議に現れました。南の沼周辺を見て回っていたということですが、そんなことはともかく、プロメテウスは恐ろしいことを口にしました。それは――」

デイブレイクはここで大きく息を吸いました。

「三戒を捨てされ！ と主張したのです」

ハスの沼に集まったカエルたちは動揺しましたが、元老会議のときほどではありませんでした。すでにかなりのカエルたちが知っていたのだろうとソクラテスは思いました。

「そんなことは断じて許されることではありません！」

沼に集まったカエルたちは、「そうだ、そうだ、その通り！」と声を上げました。

「プロメテウスは以前、元老会議で、スチームボートと協定を結んでウシガエルと戦おうという言語道断なことを主張しました。しかし、よりにもよって、三戒を葬《ほうむ》り去ろうとは――。彼はかつてナパージュのカエルが残虐で恐ろしかった時代に戻そうとしているのです。まさしくプロメテウスこそ、悪の権化《ごんげ》です！」

ハスの沼を取り囲んでいるカエルたちはデイブレイクに声援を送りました。

その時、沼に浮かんでいた一匹の若いカエルが大きな声で言いました。

「じゃあ、ウシガエルから、どうやってナパージュを守るんです？」

何匹かのカエルが、その質問に同意する声を上げました。

「君は誰だ？」

デイブレイクは訊ねました。

「ぼくはゴヤスレイです。処刑されたワグルラの弟です」

その名を聞いて、デイブレイクは一瞬怯《ひる》んだようでした。

「あなたもガルディアンも、兄さんを殺せば、ウシガエルは南の崖から降りていくと言ったではないですか。しかし、ウシガエルは南の崖に居座ったままです」

ゴヤスレイは静かな口調で言いました。

「ワグルラの話はここでは関係ありません。今、論じているのは、三戒を捨てるかどうかの話です」

「ウシガエルと戦うには、三戒を捨てなければだめでしょう」

「なぜ、ウシガエルと戦うことが前提になっているのです？　最初の前提からしておかしいじゃないですか」

「前提がおかしいのはデイブレイクさんじゃないですか」

その瞬間、周囲のカエルたちは沈黙しました。このナパージュで、デイブレイクに対して間違っていると言うのは、大変なことだからです。

「貴様、今、何と言った？」デイブレイクはゴヤスレイを睨みつけると、低い声で言いました。「天下のデイブレイク様に逆らって、ナパージュで生きていけると思うのか。兄のように吊《つ》るされたいのか」

ゴヤスレイは怯みませんでした。

「そのナパージュの安全が今、おびやかされているのですよ。ぼくのことよりも、ナパージュのカエル全体のことを考えるべきではないでしょうか」

何匹かのカエルが拍手をしました。

「皆さん、こんな奴《やつ》の詭弁《きべん》に騙《だま》されてはいけません！」デイブレイクは大きな声で言いました。「彼はただ戦いたいだけなのです。だから三戒を捨てたいのです。そうすれば、思う存分に戦えるからです」

ハスの沼のカエルたちは「そうだ、そうだ、その通り！」と声を上げました。彼らは口々に「デイブレイクの言う通りだ」「ゴヤスレイ、帰れ！」と叫んでいます。

このとき、ソクラテスはあることに気付きました。それは、デイブレイクに賛同の声を上げているのが圧倒的多数ではないということです。非常に大きな声で叫んでいるので、一見多いように感じますが、よく見ると、全体の半分もいないのです。

「ロベルト、よく見てみろよ。半分以上のカエルは黙っているぞ」

ソクラテスの言葉に、ロベルトは周囲を見渡しました。

「本当だ」

「ナパージュのカエルたちの多くはデイブレイクに心酔していると思っていたけど、実はそういうカエルたちは声が大きかっただけなんだ」

「たしかにそうだ」ロベルトは言いました。「そう言えば、このあいだ元老会議の小島にカエルたちが殺到したときも、多くのカエルは池の中にいたまま、じっとしていた」

「本当か」

「間違いない。あれ、多くのカエルたちは冷静だな、と思ったことを覚えている」

ソクラテスは小島に目を奪われて、池のカエルのことには気付きませんでした。

「デイブレイクはナパージュの全カエルの信望を集めているというわけでもなさそうだな」

ソクラテスの言葉にロベルトはうなずきました。

4

翌日の元老会議でも、プロメテウスは断固とした口調で、再度「三戒」の破棄を訴えました。ガルディアンを始めとする三匹の元老が反対を唱えましたが、プロメテウスとその意見に賛成する元老、合わせて四匹の方が数でまさっていました。

小島を取り巻く池には、前日以上に多くのカエルたちが集まっていましたが、前回のような混乱を防ぐためか、小島の周囲には元老を守るカエルたちがいました。

まずプロメテウスが発言しました。

「ウシガエルの数は昨日よりも増えています。彼らは南の崖の上一帯をすでに我が物顔で闊歩しています。このままでは南の崖はウシガエルのものになってしまうし、もっと恐ろしいのは、彼らがさらにナパージュの土地に侵食してくることです。その可能性は十分にあります」

「そんな可能性などない！」ガルディアンは言いました。「プロメテウスはいたずらに戦いの不安を煽《あお》る扇動者《せんどうしゃ》だ」

それに対してプロメテウスは冷静に言いました。

「あなたがなぜウシガエルの悪意を見ようとしないのかがまったく理解できない。すでに彼らは南の崖を奪っている。もし善良なカエルならば、そんなことはしないはずだ。我々はウシガエルの侵略からナパージュを守るために、そして南の崖を取り戻すために、防戦の準備をする必要があると考える。それとも、ガルディアンさんには、それ以外の何かいい方法があるとでも言うのですか」

「話し合うことだ」ガルディアンは言いました。「戦いに訴えるのは最も愚かなカエルのすることだ。賢明なるナパージュのカエルが取るべき道ではない。とことん話し合えば、必ず明るい未来が開ける」

「話し合いの結果、ウシガエルが南の崖を返さないと言えば？」

「それは話し合いが足りないのだ。お互いに納得いくまで話し合えばいい」

「では、もしウシガエルがそれ以上にナパージュの国に入ってきたらどうするのです？　ウシガエルがナパージュのカエルを殺して食べたら？」

「それをやめてもらうように話し合うのだ」

プロメテウスは呆《あき》れたように両手を広げました。

「プロメテウスに逆に訊きたい」ガルディアンは言いました。「我がナパージュにとって、三戒は最も重要な法であることは認めるか？」

「認めます」

「君はその最高の法である三戒を破棄しようとしているのだぞ」

「たしかにナパージュでは三戒は他の何よりも優先される法です。しかし——それ以上に大切なものがあります。それはナパージュのカエルたちの命です。もし三戒がナパージュのカエルたちの命を危うくする時には、三戒を破るのもやむなしと思います」

元老会議を見守っていたカエルたちから大きな非難の声が起こりました。それは元老たちの言葉さえ聴き取れないほど大きなものでした。でも、ソクラテスが注意深く観察すると、非難の声を上げているのは、カエルたちの半数にも達していませんでした。

「わたしは元老会議において、三戒を破棄するかどうか、採決することを提案します」

「反対だ！　絶対に反対だ！　死んでも反対だ！」

ガルディアンは叫びました。

「待ってください。わたしの話を聞いてください」プロメテウスは言いました。「もちろん、こんな大事なことを、わずか七匹の元老会議だけで決めることには問題があります。ですから、もし元老会議で三戒を破棄するという決議がなされたなら、三日後、ナパージュのすべてのカエルに諮《はか》るというのはどうでしょう。つまりナパージュのカエル全員で決めるのです」

「反対だ！」

「なぜ、反対なのです？　この問題にはナパージュの未来がかかっているのです。だからこそ、ナパージュのツチガエルたち全員で決めるのです」

「もしも――だ」ガルディアンは言いました。「ナパージュのツチガエルたちが三戒は要らないと決めたら、どうなるのだ？」

「三戒は破棄されます」

その瞬間、ガルディアンは泡を吹いて倒れました。

小島を取り囲んでいたカエルたちも大騒ぎとなり、元老会議は一時中断されました。でもすぐにガルディアンは気を取り戻し、元老会議が再開されました。

「それでは、ただいまより元老会議において、三戒を破棄するかどうかの採決をします」

プロメテウスの言葉で、採決が行なわれました。結果は「破棄」が五匹、「破棄しない」が二匹でした。意外なことに、ガルディアン側と思われていた元老の一匹が

「破棄」にまわったのでした。

「元老会議の結果は、『三戒破棄』となりました。三日後、ナパージュの全カエルたちによる大集会を開き、これを受け入れるかどうかを決めます」

小島の周囲は騒然となりました。賛成派も反対派も未曾有《みぞう》の事態に異様な興奮状態に陥っていました。

「大変なことになったな」

ソクラテスが呟《つぶや》くと、ロベルトも興奮して言いました。

「ああ、三日後にナパージュの運命が決まるんだな」

「どうなると思う？」

「俺にはまったくわからないよ。ただ、ナパージュのツチガエル全部ということになると、ローラもその一匹なんだよな」

ロベルトの言葉に、ソクラテスは苦笑いしました。

その夜のデイブレイクの集会は大変な騒ぎでした。ハスの沼にはびっしりとカエルが集まっていて、岸でも多くのカエルが取り囲んでいました。ソクラテスとロベルトは岸から沼を眺めていました。

「皆さん、本日、元老会議では恐ろしいことが起こりました――」

ハスの葉に乗ったデイブレイクは絶叫していました。

「あってはならないことが起こったのです。まさしく悪魔が元老会議を乗っ取ったのです。この日、ナパージュは死刑判決を受けたも同然です。ああ、こんなことが許されていいのでしょうか！」

デイブレイクはそう言うと、ハスの葉の上でうずくまって号泣しました。集まったカエルたちの間から悲鳴が上がりました。

デイブレイクはすぐに立ち上がると、「しかし、まだ希望はあります」と言いました。

「三日後、北にある草の広場で、大集会が行なわれます。そこで元老会議の採決を引っくり返すのです。本日の集会はそのためのものです！」

集まったカエルたちから拍手が起こりました。

「本日は三戒を守るために、多くの仲間たちに来てもらいました」

デイブレイクはそう言うと、大きなハスの葉の上に何匹かのカエルたちを招きました。それを見たツチガエルたちは歓声を上げました。

「くだらんカエルばかりを集めたな」

ソクラテスの後ろで声が聞こえました。振り返ると、そこにはハンドレッドが冷笑を浮かべて腕を組んで立っていました。

「あのカエルたちは誰ですか？」

ソクラテスはハンドレッドに訊ねました。

「ナパージュでは、『進歩的カエル』と呼ばれているカエルたちだ。『語り屋』とか、『物知り屋』とか、『説明屋』とか、『評論屋』とか、『代言屋』とかいう連中だ。みんな、自分たちがどのカエルよりも賢くて、頭がいいと思っている鼻もちならないカエルたちだ。しかし、俺から言わせれば――どいつもこいつも、『カエルのクズ』みたいな奴だ」

ハンドレッドはそう言って大きな声で笑いました。

ソクラテスは心の中で、品性も知性のかけらもない言葉だと思いました。それでもうハンドレッドのことは相手にせずに、ハスの葉の上を見つめました。

「私はプランタンです」

ハスの上に乗ったカエルが挨拶《あいさつ》しました。

「あいつはこの国で一番人気のある『語り屋』だ。語り屋というのは面白い話を聞かせるカエルだ」

ハンドレッドが言いましたが、ソクラテスは無視しました。

プランタンは熱く語っています。

「ツチガエルとウシガエルは、たとえ話す言葉が違っても、基本的には感情や感動を共有しあえるカエル同士なのです。領土の問題は冷静に解決すべきです。安い酒を飲んだときのように、頭に血を上らせて、粗暴《そぼう》にふるまうことは慎まなければなりません。またナパージュの民は、過去にウシガエルに行なった非道な行為を忘れてはなりません。ウシガエルが『もういい』と言うまで謝らなければならないのです」

沼の中の何匹かのカエルが拍手をしました。

「さすが、ナパージュ一の語り部だ。素晴らしい演説だ」

ロベルトが感動したように言いました。それを聞いてハンドレッドが「やれやれ」と呟きました。

プランタンがハスから降りると、別のカエルが前に出てきました。

「奴の名前はシャープパイプだ。あいつも語り屋のカエルだ」

シャープパイプがカエルたちに語っています。

「三戒をなくすなど、絶対にあってはならない。ナパージュのカエルは戦ってはいけないんだ。徹底的に無抵抗を貫くべきなのだ。もしウシガエルがこの国に攻めてきたら、無条件で降伏すればいい。そしてそこから話し合えばいい。それが平和的解決というものだ。戦ったりすれば、多くのツチガエルが死ぬことになる。そんな悲劇を回避するためにも、絶対に抵抗してはならない！」

続いてまた一匹のカエルがハスの葉の上に乗りました。

「あいつはスーアンコだ。下手くそな絵をそこら中に描いている」

スーアンコは言いました。

「俺も戦うのは嫌だ。やりたい奴は勝手にやれ。ただし俺のことはほっといてくれ。ナパージュがウシガエルの領土になってもかまわない。俺はそこで生きていく」

沼のカエルたちが何匹か拍手をしましたが、さきほどのプランタンのときよりは少ないものでした。

「俺はシャープパイプの演説にもスーアンコの言葉にも感銘を受けた」ロベルトが言いました。「彼らの言うように、戦えば、必ず犠牲者が出る。しかし徹底して不戦を貫けば、犠牲者は出ない。たとえ降伏しても、平和は保たれる」

それを聞いてハンドレッドが笑いながら訊《き》きました。

「もし、奴隷《どれい》にされたらどうするんだ？」

ロベルトは一瞬、言葉に詰まりましたが、「殺されるよりはずっといい」と答えました。

「じゃあ、虐殺されて食べられたら？」

「いくらなんでも、そんなことにはならないだろう」

ソクラテスは、ロベルトは間違っていると思いました。なぜなら、生まれた国では凶暴なダルマガエルに仲間たちが毎日食べられていたからです。同じような光景はナパージュに辿《たど》りつくまでの間にも、いたるところで目にしました。ロベルトはこの平和なナパージュで暮らすうちに、そんなことも忘れてしまったのだろうかと思いました。

ハスの葉の上ではシャープパイプに代わって別のカエルが喋っています。

「あいつは『物知り屋』だ。カエルたちにいろんなものを教えている。名前は忘れた」

ハンドレッドが言いました。

物知り屋のカエルは訥々《とつとつ》と語ります。

「わたしは長い間、三戒を研究してきました。この三つの言葉をあらゆる角度から調べてきました。これは世界でただ一つ、ナパージュのカエルだけが持っている素晴らしい教えです。こんな素晴らしいものを捨て去るなんて絶対にしてはなりません」

続いて年老いたメスガエルがハスの葉に上がりました。

「あれはリトルリリーだ」ハンドレッドが言いました。「昔は人気があった踊り子だ」

リトルリリーはしわがれた声で言いました。

「三戒は私たちのバイブルです。絶対に変えてはなりません」

広場にいた年老いたカエルたちが一斉に拍手をしました。

リトルリリーがハスから降りると、見覚えのあるカエルが現れました。それは、いつもお祭り広場で皆を楽しませているマイクでした。

人気者のマイクがハスの葉に上がると、ひときわ大きな歓声が上がりました。

「皆さん、わたしは本日、お祭り広場からここに駆けつけました。わたしたちが遠い先祖の代から大切に大切にしてきた三戒は、何が何でも守らないといけないものなのです。これはナパージュの誇りです。三戒を守って、この国が滅んでもいいじゃありませんか。昔、ナパージュという素晴らしく美しい国があった――カエルの歴史にそんなふうに記されることは、光栄なことではないですか」

何匹かのカエルが「そうだ、そうだ、その通り！」と声を上げました。

「今日は、お祭り広場から、何匹もの仲間たちも駆けつけてくれました。どうぞ！」

マイクの言葉と同時に、若いメスガエルが何匹かハスの上に上がりました。いつもはお祭り広場で歌やお芝居をしているカエルたちです。沼のカエルたちは大歓声を上げました。

「わたしたちは戦いなんて嫌です！」

メスガエルが高い声で言いました。

「わたしたちも、いつかはお母さんになるかもしれません。わたしたちのこどもが戦いの場に連れていかれるなんて、想像するだけでふるえてきます」

メスガエルたちはそう言って泣き出しました。

「俺は彼女たちの気持ちがわかるよ」ロベルトが胸を詰まらせて言いました。「彼女たちは、本当の想像力を持っている。三戒を捨てれば、どうなるかという――」

それを聞いたハンドレッドが鼻で笑いました。

「何がおかしいんだ」

「自分たちの娘がウシガエルたちの慰《なぐさ》みものになるかもしれないという想像が欠如《けつじょ》しているからさ。本当の想像力と言うなら、バランスよく想像しないとな」

ロベルトはむすっとしました。

ハスの上にはまた別のカエルが上がっています。

「あれは誰ですか？」

ソクラテスはハンドレッドに訊ねました。

「知らんよ。とにかく今日は、デイブレイクが三戒を守ろうというカエルを片っ端から集めて来たんだろうよ。さっきから、三戒を破棄しろというカエルは一匹もハスの上には上がっていない」

ハスの上のカエルは大きな声で叫んでいます。

「わたしは他のカエルを殺すくらいなら、殺される方を選びます。三戒を守って、黙って死んでいきます」

沼のカエルたちの多くが拍手しました。

ソクラテスは「殺すよりも殺される方を選ぶ」という言葉を聞いた時、言いようのない違和感を覚えました。というのも、ナパージュに来るまで多くの仲間たちが殺されるのを見てきたからです。殺されるというのは、本当に恐ろしいものです。目の前で母親を殺された、足が生えたばかりのオタマジャクシも見ました。また生まれたばかりのオタマジャクシを殺された母親も見ました。

もしかしたら今ハスの葉の上で喋っている若いカエルは、実際にウシガエルやダルマガエルに仲間たちが食べられるところを見たことがないのかもしれないと思いました。

次にハスの葉に上がったのは、お尻《しり》にシッポの付いている若いカエルたちでした。前に元老会議の池で大暴れしたカエルたちです。真ん中にいるのはフラワーズです。

「ようこそ」

デイブレイクが嬉しそうに挨拶しました。そして集まったカエルたちに向かって言いました。

「彼らは、今このナパージュで、誰よりも真剣に将来の平和を考えている若いカエルたちです。わたくしは彼らのエネルギーがナパージュを救うことになると信じています。その若きリーダー、フラワーズ君に語っていただきましょう！」

デイブレイクに言われて、フラワーズが深呼吸をしました。

「ぼくたちは——戦いたくありません！　戦うことを想像すると、泣きそうになります」

フラワーズの次に、別の若いカエルが言いました。

「ぼくはウシガエルと仲良くできる自信があります。もしウシガエルが攻めてきたら、彼らと一緒に歌をうたい、友だちになります。戦いなんて最低のカエルのやることで

す」

そうして若いカエルたちは一斉に楽しげな歌をうたいました。

次にハスの上に上がったのは、前に一度どこかで会ったことのあるカエルでした。ソクラテスが「あれは誰だったかな?」とロベルトに訊きました。

「たしかピエールというカエルじゃなかったかな。エンエンという国のヌマガエルだ」

ピエールは大きな声で叫んでいます。

「三戒はナパージュの誇りです。ナパージュが平和を愛するということを世界に知らしめる素晴らしいものです。これを捨てるような愚をおかしてはなりません」

ハスの沼の一角に陣取っていたヌマガエルたちから一斉に大きな拍手が起こりました。ツチガエルたちも拍手をしました。

「ヌマガエルたちも三戒を支持しているんだな」

ロベルトが感心したように言いました。

「そりゃあそうさ」ハンドレッドが言いました。「やつらにとっては三戒があるほうが都合がいいんだよ」

「それはなぜ?」

ソクラテスは訊《たず》ねました。

「西の崖《がけ》を降りた草地に小さな池がある。そこは昔、ナパージュのものだったが、エンエンのヌマガエルたちに奪われたんだ。しかし、三戒がある限り、取り返すことができない。ヌマガエルたちは、ナパージュが三戒を破棄すれば、草地の池を奪い返されるかもしれないと思ってるんじゃないかな」

「でも、ピエールたちは何代もナパージュに暮らしてるんでしょう。だったら、ナパージュの利益になることを考えるんじゃないですか」

ハンドレッドはいじわるそうな目で言いました。

「元老のガルディアンは、今はナパージュのカエルということになっているが、元を辿ればヌマガエルの子孫だ」

「それは本当ですか」

「ああ。たしかじいさんがヌマガエルだったはずだ。元老の中には、そういうカエルがもう一匹いたな」

「ナパージュのツチガエルたちはそれを知っているのですか?」

「どうかな。ほとんどは知らないんじゃないか。ツチガエルとヌマガエルは似ているからな。それに何代も前からナパージュに棲んでいるヌマガエルは、希望すればナパージュの民になれる」

「そうなんですね」

「もちろん、ナパージュを愛してくれているなら、ヌマガエルであっても大いに結構だ。厄介なのは、ナパージュのことが嫌いでも、ナパージュの民になれてしまうことだ」

ハンドレッドはそう言って笑いました。

5

ソクラテスとロベルトはデイブレイクの集会から林に戻る途中、別の集会を目にしました。それは「三戒を破棄すべきだ」というカエルたちの集まりでした。ハスの沼ほどの数はいませんでしたが、それでも結構なカエルたちが集まっていました。

何匹かのカエルが「三戒を持つことの矛盾」を交代で喋っていました。ただ、ソクラテスの目には、ハスの沼のような盛り上がりに欠けているように見えました。集会は「プロメテウスを応援しよう」という言葉で幕を閉じました。

「三日後の大集会ではどんな結果になるんだろう」

ソクラテスは言いました。

「もし三戒が破棄されることになれば、ナパージュの国はウシガエルと戦うことになる。そうならないためにも三戒は守られるべきだ」

ロベルトは力を込めて言いました。

「本当にそうなるのかな」

「おいおいソクラテス、デイブレイクの集会で何も聞いていなかったのかい。あれを聞いていれば、三戒がいかに平和に貢献しているかわかっただろう」

「じゃあ、三戒を守っていれば、戦いは起こらないのかい？」

「俺はそう思うよ」

ソクラテスにはもう、何が正しいのかわからなくなってきました。

翌朝、ハスの沼の集会はさらに大きなものになっていました。

ナパージュの有名なカエルたちが、何匹もハスの葉の上に乗り、声を限りに三戒の大切さを訴えました。

お祭り広場でも、歌や踊りの途中に、マイクが「三戒を守ろう！」と繰り返し言いました。そこにも多くのカエルたちが集まり、賛同の声を上げました。

でも、その日の午後、ナパージュのカエルたちを震撼《しんかん》させる出来事が起こりました。ウシガエルたちが南の崖から南の草むら近くまでやってきたのです。もともと南の崖にはナパージュのカエルはあまりいませんでしたが、南の草むらにはツチガエルたちが何匹もいます。その草むらに棲んでいたツチガエルたちは、ハスの沼の集会にやってきて、恐怖を訴えました。

夕方、早速、元老会議が開かれました。プロメテウスが立ち上がって言いました。

「怖《おそ》れていたことが起こりました。ウシガエルたちはついにナパージュの国を奪いに来ました。我々に残された道はただ一つ、ナパージュを守るために立ち上がることです」

池の周囲に集まったカエルたちの何匹かは拍手をしましたが、多くのカエルたちは黙って聞いています。

「勝手なことを言ってはならない」ガルディアンが言いました。「わしはさきほどウシガエルたちと話をした。すると、彼らはナパージュの国を奪う意志はないと言った。南の草むらに出たのは、たまたまだと」

池を取り囲んでいたカエルたちの多くはホッとしました。

「それを信じろと言うのですか」プロメテウスは言いました。

「もちろんじゃないか。カエルを信じろというのは、三戒の第一にある」

「ウシガエルはこれまでも何度も嘘《うそ》をついています」

「それはお互い様だ」

「いいえ、ナパージュは一度たりとも嘘は言っていません。しかしエンエンのカエルもウシガエルたちも何度も嘘を言っています。それでも他のカエルを信用しろと言うのですか」

「三戒にはそう定められている」

「だからこそ、一刻も早く三戒を破棄すべきなのです。この国が奪われたり、ツチガエルが殺されたりしてからでは手遅れなのです」

「君はそんなに戦いがしたいのか！」ガルディアンは怒鳴りました。「プロメテウス、君の正体がわかったぞ。君は、戦いがしたくてたまらないのだ。南の崖を守るというのはあくまで建前だ。君の本音は、三戒を潰《つぶ》して、ナパージュを昔のように残虐《ざんぎゃく》で恐ろしいカエルの国に戻したいのだ」

ガルディアンは池のカエルたちに向かって言いました。

「諸君、プロメテウスは恐ろしいカエルだ。この平和なナパージュを戦いのできる国にしようと考えている悪魔のようなカエルだ。諸君、よく思い出して貰《もら》いたい。前にプロメテウスはスチームボートと組んで醜い戦いに参加しようとしたことを。彼は戦いがしたくてたまらないのだ。プロメテウスの扇動に乗って行動したりすれば、取り返しのつかないことになるぞ！」

池の周囲を取り囲んでいたカエルたちの多くが「そうだ、そうだ！」と声を上げました。

「わたしにはそんな気持ちはありません。今はそんなことよりも、南の草むらからウシガエルをどうやって追い返すかが問題なのです。あなたはどうすべきだと思いますか」

プロメテウスに言われて、ガルディアンは答えられませんでした。

「わたしはハンニバルに追い返してもらおうと考えています。ハンニバルとゴヤスレイなら、ウシガエルを追い返せるはずです」

「反対だ！」ガルディアンは叫びました。「そんなことをすれば戦いになる。それに何よりも三戒違反だ」

「たとえ三戒があっても、カエルには自分を守る権利があります。その権利は三戒よりも上のはずです」

「戦ってもいいのは、自分が殺されるかもしれない場合だけだ。南の草むらにウシガエルが入ったくらいで、戦いをすることは許されない」

「自分の土地から追い返すくらいはいいでしょう」

「力でそれを行なうことは三戒違反だ。我々、平和を愛するナパージュのカエルは、あくまでも話し合うのだ！」

「話し合いでうまくいかなかったら？」

「うまくいくまで話し合うのだ。それが話し合いというものじゃないかね。話し合いでうまくいかなかったら、力に訴えるというのは、良識あるカエルの取るべき道ではない」

「しかし、話し合いでは決着がつかない場合があります」

「決着がつくまで話し合うのだ」

「では、草むらにハンニバルとゴヤスレイを待機させるだけにしましょう。それなら問題はないでしょう」

ガルディアンも仕方がないというふうにうなずきました。

プロメテウスの要請を受けて、ハンニバルとゴヤスレイは南の草むらに向かいました。

二匹のカエルの勇猛《ゆうもう》さはウシガエルたちにもよく知られています。ハンニバルたちの姿を見ると、ウシガエルたちは南の草むらから退きました。

でもその夜のデイブレイクの集会では、このことが問題となりました。

「本日、プロメテウスはしてはならないことをしました。なんと、凶暴なハンニバルとその弟をウシガエルと戦わせようとしたのです。賢明なるウシガエルが戦いを回避したからよかったものの、下手をすれば恐ろしい戦いに発展した可能性があります。ハンニバルが手を出せば、そうなったかもしれないのです」

ハスの沼に集まったカエルたちは、「そうだ、そうだ、その通り！」と声を上げました。

「皆さんももうおわかりでしょう。プロメテウスはわたしたちを戦いに引きずり込もうとしているのです。残虐で恐ろしかった、かつてのナパージュを再現しようとしているのです。彼は善良で平和を愛するわたしたちに他のカエルを殺させようとしているのです。こんなプロメテウスをそのままにしておいていいのでしょうか！」

カエルたちは一斉に、「よくない！」と叫びました。そして口々に、「プロメテウスを倒せ！」「プロメテウスは平和の敵だ！」「プロメテウスを元老から引きずりおろせ！」という声が起こりました。

やがてその声は、「プロメテウスを殺せ！」という大合唱になりました。

「おとなしいナパージュのカエルが言うこととは思えない」

ソクラテスはロベルトに言いました。するとロベルトは首を横に振りました。

「いや、俺もナパージュのカエルと同じ気持ちだよ。プロメテウスは平和を壊すカエルだ。彼を葬り去ることによって平和が保たれるなら、それはむしろいいことだよ。そのことによって、多くのカエルの命が助かるんだよ」

ソクラテスはロベルトの言葉に驚きましたが、何も言い返せませんでした。

その夜、ハスの沼に集まったカエルたちは、大きな集団となって、「平和の敵、プロメテウスを倒せ！」と言いながら、朝までナパージュの池や林の中を練り歩きました。その列にはピエールたちエンエンのヌマガエルも大勢いました。

6

そして、草の広場において、ナパージュが「三戒破棄」を認めるかどうかの全ツチガエルによる採決が行なわれる朝になりました。

その日は雲ひとつない快晴で、朝からうだるような暑さでした。それでも病気やケガやその他の事情で来られないツチガエル以外は皆、参加しました。ピエールたちが「自分たちも採決に参加させろ」と主張したようですが、それは認められませんでした。

ソクラテスとロベルトはナパージュのカエルではないので採決には参加できませんでしたが、この行方を見届けるために、草の広場を見渡せる岩場にいました。そこにはエンエンのヌマガエルたちもいました。

広場に集まったカエルの中には見知ったカエルたちが何匹もいました。デイブレイクやマイク、ローラやハインツの姿もありました。

元老の長、ガルディアンが宣言しました。

「今から、ナパージュのツチガエル全員で、この国の運命を決める大事な採決を行なう」

次にプロメテウスが説明しました。

「採決の方法は、『三戒破棄』に賛成のものは草の広場の西側に移動し、『三戒破棄』に反対のものは東側に移動するというものです。それでは、今から採決を行ないます」

その言葉と同時に、広場のカエルたちは移動を始めました。すさまじい数のカエルたちが一斉に動くものですから、方々でカエル同士がぶつかって、大変な騒ぎになっていました。友だち同士が互いに説得しあっている光景も見られました。意見が分かれて激しく言いあっている親子もいます。中には、どっちに行こうか迷ってうろうろしているカエルもいました。

しかし昼前には、全部のカエルたちが西側と東側に分かれました。

「どっちが多い？」ロベルトがソクラテスに訊きました。

「ここからだと、ほとんど同じくらいに見える」

「そうだな」

「ただ、東側に集まったカエルは年取ったカエルが多いような気がする」

「たしかに西側には比較的若いカエルが多いな。それってどういうことだ」

ソクラテスは「わからない」と答えました。

「皆さん、それでは、今から数を数えます」ガルディアンが言いました。「西側と東側のカエルが同時に一匹ずつ広場を出ていき、あちらの沼地に移動してください。

『三戒破棄』するかどうかは、多く残っていた方の意見で決まります。それでは、わたしが笛を吹くと同時に、一匹ずつ移動してください」

ガルディアンの笛に合わせて、草の広場の西側と東側からカエルが一匹ずつ沼地に移動していきました。

一匹ずつの移動なので時間がかかります。それでも昼過ぎには大部分のカエルが広場から沼地へと移動を終わりました。

広場に残っているカエルは数十匹になっています。ただ、まだどちらが多いかわかりません。でもカエルの数が減ってくると、ソクラテスのいる岩場からも残りのカエルを数えられるようになりました。西側のカエルより東側のカエルの方が僅《わず》かながら多そうに見えました。

そして西側の最後の一匹が草の広場から沼地に移動した時点で、広場の東側にはまだ三匹のカエルが残っていました。元老会議による「三戒破棄」の決議が否決された瞬間でした。

その途端、沼地で大歓声が起こりました。

「ナパージュの平和が守られた！」

デイブレイクが大きな声で叫びました。沼地では大勢のカエルたちが感激の涙を流しながら、抱き合いました。

ロベルトも泣いていました。

「ソクラテス、俺はナパージュに来て、今日ほど感動した日はない！」ロベルトは声をふるわせて言いました。「この日を一生忘れない！」

ソクラテスもまたナパージュのカエルたちが本当に「三戒」を大切にしている姿を見て、胸が詰まりました。たとえどんなことがあっても戦わないとする決意には崇高なものを感じました。

ただその一方で、はたして本当にこれでナパージュの平和は守られるのだろうかという不安を拭《ぬぐ》うことができませんでした。

7

ナパージュのカエルたちが「三戒」を守ることを決めたその日、「三戒破棄」を主張したプロメテウスを始めとする五匹の元老は、責任を取らされる形で、元老を辞めさせられました。新しい元老は全部、三戒を守るという考えを持ったカエルで占められました。

デイブレイクはハスの沼の集会で、「ナパージュはより一層平和な国に近付きました」と宣言しました。

ところが翌朝、南の草むらにまたもやウシガエルが入ってきたという報《しら》せがありました。

多くのカエルたちと一緒にソクラテスとロベルトも南の草むらに向かいました。すると、そこには何匹ものウシガエルが草むら一帯を占拠していました。

ナパージュのカエルたちが遠巻きに眺めているにもかかわらず、ウシガエルは平然として草むらの虫を食べています。その虫は本来ナパージュのカエルたちのエサです。でもツチガエルたちは、巨大で恐ろしいウシガエルの群れを怖れて何も言えません。

誰かがガルディアンの名前を呼びました。ガルディアンはカエルたちの後方にいましたが、多くのカエルたちに押し出されるように前に出ました。

「ガルディアンさん、ウシガエルに出ていくように言ってください」

一匹のツチガエルが言いました。

「まあまあ、落ち着いて」とガルディアンは言いました。「無闇《むやみ》にことを荒立ててはいけない。まずは状況をしっかりと見ることが大切だ」

「状況は見たままじゃないか」別のカエルが言いました。

「たしかに一見すると、今、南の草むらにはたまたまウシガエルがいる、という状況に見えないこともない。しかし彼らがなぜそこにいるのかはわからない。状況というのはその理由もふくめてのことを指す」

「ガルディアンの言う通りです！」

後ろから大きな声が聞こえました。声の主はデイブレイクです。

「ウシガエルは虫を追っていて、うっかりと南の草むらに入って来ただけかもしれない。あるいは草むらが珍しくて、見学に来ただけかもしれない。それなのに、まるでナパージュの国を奪いに来たような言い方をすれば、相手は非常に不快に思うでしょう」

デイブレイクの言葉に、カエルたちは納得しました。

「ウシガエルに敵意はありません。そもそも彼らにはそんなものはありません。したがって、今日中にウシガエルたちは南の草むらから出ていくはずです。こんなところに我々が集まっていては、緊張を高めるだけです。すみやかに解散しましょう」

デイブレイクがそう言うと、カエルたちは散り散りに草むらから退きました。

「やっぱり、ナパージュのカエルたちはすごいなあ」

　ロベルトが感心したように言いました。

「俺はもしかしたら、今日こそ争いになるかもしれないと思っていた。そうなったら、大変なことになっていた。でも、そうはならなかった。これが三戒の力なんだな」

　たしかに、もしここでツチガエルたちが一斉にウシガエルたちに向かっていったなら、最悪の事態に発展したかもしれないとソクラテスは思いました。それを回避したのは冷静な判断と言えましたが、その判断を導き出したものがあるとすれば、それは「三戒」に他なりません。

　でも翌日になっても、そのまた翌日になっても、ウシガエルたちは南の草むらからは出ていきませんでした。それどころか、その数は日ごとに増えていきます。

　四日目になると、さすがにナパージュのカエルたちの中にも不安が広がりました。

　そこで元老会議が開かれました。

　一匹の若い元老が発言しました。

「ウシガエルはたまたま南の草むらに入ったのではありません。彼らは明らかに南の草むらを奪いに来ています」

「そんなことはわからんじゃないか」ガルディアンは言いました。「三日や四日で軽々に判断してはならん。もう少し長い目で見ることだ。ウシガエルは出ていく気でいるかもしれないではないか」

「ウシガエルはいつ退去するのですか」

「わしはウシガエルではない。そんなことがわかるはずがない」

「では、わたしたちはどれだけ待てばいいのですか？」

「それはわからんが、とにかく今、慌《あわ》てて動くのはよくない」

「なぜですか。ウシガエルたちに南の草むらから出ていくように断固、要求すべきです」

「もし、そんなことをして、ウシガエルと争いになればどうするのだ？」

「では、ウシガエルがずっと南の草むらに居残り続けたらどうするのですか？」

「そんなことはありえない」

「なぜ、ありえないのですか？」

「ウシガエルにはナパージュを奪うという意志はないからだ」

「あなたにウシガエルの考えがわかるのですか」

若い元老はきつい調子で言いました。

「ウシガエルは前に、我々は平和を望んでいると言った。平和を望んでいるカエルがナパージュの国を奪ったりするかね。ありえんよ！」

「平和を望むカエルが、ナパージュの崖をよじ登り、草むらまでやってきますか」

「君の話を聞いていると、君自身が争いを望んでいるとしか思えない。ウシガエルに争いをしかけて、彼らとの全面的な戦いになったら、どう責任を取るんだね。君は若い。こどももいない。だから気楽に考えているんだろうが、わしは違う。この国のカエルたちのことを考えている。ナパージュのこどもたちの未来のことまで考えているんだ」

「ナパージュのこどもたちの未来を考えるなら、南の草むらからウシガエルを追い出さないといけないのではないですか」

「君はそんなに戦いがしたいのか。狂っている！」

ガルディアンは叫びました。その言葉がきっかけとなったのか、元老会議を見守っていたカエルたちが口々に若い元老を非難しはじめました。それで若い元老は黙ってしまいました。

元老会議はそこで終わりました。

その夜、デイブレイクはハスの沼の集会で演説しました。

「今、南の草むらにウシガエルがいるが、このことで必要以上に不安に感じることはありません。皆さんの中には、もしかしたらウシガエルはずっと居座るのではないかと思っているものもいるかもしれません。しかしそんなことはないのです。雨はいつかやむように、夜はいつか明けるように、ウシガエルもいつかは南の沼に帰るはずです。なぜなら彼らは平和を愛するカエルだからです。しかし——」

デイブレイクはそこでいったん言葉を切りました。

「もしも、ウシガエルが長くそこに居座ったとしても、それがどうだというのでしょう。もともと南の草むらは水も多くはありません。虫もそれほど多くいるわけでもありません。ナパージュにとって、とても大切な地というわけでは決してないのです。そんな地のためにウシガエルと争うことの愚は考えるまでもないでしょう！」

ロベルトが「なるほどなあ」と感心したように呟きました。

デイブレイクはさらに続けました。

「もしウシガエルがずっと南の草むらにいるなら——その時は、考え方を変えるのです。これまでは長い間、われわれツチガエルとウシガエルは崖を隔てて離れていましたが、彼らが南の草むらにやってきたことによって、お互いが直接触れあえる距離に近づいたと考えるのです。いっそのこと、南の草むらはウシガエルに譲《ゆず》ってしまった

ら、と夢想します。そして、その地を『友情草むら』と名付けるのです。そうなれば
ウシガエルとツチガエルは新たな友好関係を結ぶことができます」
ハスの沼に集まったカエルたちは一斉に拍手をしました。
ロベルトも力いっぱい拍手しました。
「デイブレイクこそ、ナパージュの良心だよ」ロベルトは感極まったように言いまし
た。「彼がこの国にいる限り、ナパージュのカエルたちが道を誤ることはないだろう」

8

デイブレイクの演説以降、ナパージュのカエルたちの不安は消えました。
お祭り広場では毎日のように多くのカエルたちが集まって歌や踊りを楽しみ、池や
林ではカエルたちが美味《おい》しい虫を食べるのに夢中でした。
元老を辞めたプロメテウスを始めとする一部のカエルたちだけが、「南の草むらの
ウシガエルを追い出そう」という集会を開いていましたが、彼らに注目するカエルは
ほとんどいませんでした。
これはソクラテスには不思議なことに見えました。「三戒」をめぐる採決の前は、

多くのカエルたちが緊張し、またウシガエルに対して不安を持っていたはずなのに、採決後はそうした空気は完全にどこかへ消えていました。

この疑問を口にすると、ロベルトは「当たり前じゃないか」と言いました。ナパージュの「三戒が守られたということは、平和が守られたということなんだよ。争いになるのではないかというカエルたちが緊張して不安だったのは、三戒が破棄されることによって、争いになるのではないかというものだったんだ。今はそうした不安がすべて消し飛んだんだよ」

「でも今もまだ、南の草むらにはウシガエルがいるんだぞ。それはどうなんだ。不安じゃないのか」

「おいおいソクラテス、しっかりしてくれよ。デイブレイクの演説を聞いただろう。こちらが平和を愛する気持ちでいるかぎり、争いは起こらないんだよ」

ロベルトはそう言って笑いました。

しかしその平和な日々はある事件によって破られました。

ウシガエルが南の草むらからさらに奥の南の池に入ってきたのです。まさかそこまではやってはこないと思っていたツチガエルたちは驚きました。

池に入ってきたウシガエルは一匹だけでしたが、それでもツチガエルたちはパニックになりました。なぜなら池にはツチガエルのオタマジャクシたちがいたからです。ウシガエルはオタマジャクシを追いかけました。オタマジャクシたちは懸命に逃げましたが、小さな一匹が逃げ遅れました。

その時、二匹のツチガエルが池に飛び込み、ウシガエルの前に立ちはだかりました。それはハンニバルとゴヤスレイでした。

二匹はオタマジャクシを守るようにウシガエルの前で手を広げると、「今すぐ、この池から出ていけ」と言いました。

でも、ウシガエルは不気味な笑みを浮かべたまま、池から出ようとはしません。

ハンニバルとゴヤスレイはウシガエルを左右からはさみこむような形で近付きました。巨大なウシガエルはにやにや笑っています。

ハンニバルとゴヤスレイが同時に水面から高くジャンプしました。そのジャンプ力を見て、ウシガエルの顔から笑みが消えました。ハンニバルとゴヤスレイは水の中を素早く動いてウシガエルの周囲を旋回《せんかい》しました。ウシガエルはその速さにも驚いたようです。

ウシガエルは池から出ると、ゆっくりと後ずさりして草むらの方へ逃げていきました。

一匹のメスガエルが池に飛び込み、ふるえている小さなオタマジャクシを抱きしめました。オタマジャクシは無事でした。母親のメスガエルは泣きながらハンニバルとゴヤスレイにお礼を言いました。

「見たか、ソクラテス。ツチガエルがウシガエルを追い払ったぞ」

ロベルトは驚いたように言いました。

「ああ。ハンニバルとゴヤスレイは本当に強いんだな」ソクラテスは答えました。

「あの二匹がいるかぎり、ウシガエルも簡単にはナパージュに入ってこられないな」

ところが、ハンニバルとゴヤスレイの行動は元老会議で大問題となりました。二匹の行動は「三戒」に違反したものではないかとされたのです。でも多くの証言者によって、二匹は一度もウシガエルを攻撃していないということが明らかになり、今回は罪には問われないことに決定しました。

そのとき突然、元老会議を見守っていたデイブレイクが、エニシダの枝の上から怒りの声を上げました。

「こんな決定は認められません！」

多くのカエルたちがデイブレイクを見ました。

「ハンニバルとゴヤスレイは、ただオタマジャクシを見ていただけのウシガエルをいきなり威嚇《いかく》し、挑発したのです。幸いにして、平和を愛するウシガエルが争いを避けたために、最悪の事態は免れましたが、もしウシガエルの退却が少しでも遅れたり、ハンニバルたちの威嚇と挑発に対して、ウシガエルが退却以外の行動を取っていたりすれば、大きな争いになった可能性があります。つまり――」

デイブレイクはここで大きく息を吸い込みました。

「ハンニバルたちの軽率な行動によって、ナパージュとウシガエルたちは全面戦争に発展したかもしれないのです。その先は言うまでもないでしょう。我々ナパージュの多くのカエルがそのために命を失ったかもしれないのです。ハンニバルとゴヤスレイの無思慮《むしりょ》な行動によって、多くのカエルたちの命が奪われるような事態になるなどということは、絶対に許されることではありません！」

小島の周囲に集まったカエルたちが一斉に「そうだ、そうだ、その通り！」と言いました。

「デイブレイクの言うことももっともだ」ガルディアンは言いました。「ハンニバルとゴヤスレイの威嚇と挑発は、非常に危険な行為であった」

何匹かの元老はうなずきました。別の元老が言いました。

「あいつらは力が強い。腕の力が強くて、足のバネもある。体はウシガエルよりも小さいが、まともに戦えば、ウシガエルにも勝つかもしれない」

「それはまずい。もしハンニバルたちがまたウシガエルを傷つけたり、最悪、殺したりすれば、ウシガエルたちは黙っていないだろう」

また別の元老も言いました。

「その通りだ。ハンニバルとゴヤスレイのために、我々、善良なるツチガエルが犠牲になるなんてことは許されん！」

ガルディアンの言葉に、二匹の元老はうなずきました。

「そんなことになったら、ナパージュがウシガエルたちにやられるぞ！」

小島を取り囲むカエルたちに動揺が広がりました。

「どうしますか、ガルディアンさん。ハンニバルとゴヤスレイも殺しますか」

「いや、法を破っていない以上、それはできぬ」ガルディアンは言いました。「ただ、ほうっておけば、いずれあの二匹は三戒を破ってウシガエルと争うだろう。そこでだ――」

ガルディアンはいったん言葉を切って言いました。

「ハンニバルとゴヤスレイの目を潰《つぶ》して腕を切り落とそう」

一瞬、小島を取り囲んでいたカエルたちが静まり返りました。何もしていないハンニバルたちの目を潰して腕を切り落とすことに、さすがのカエルたちもやりすぎだと思ったのでしょう。

その時、「賛成!」という大きな声が聞こえました。声の主はデイブレイクでした。

「ハンニバルとゴヤスレイの能力は、ただ戦うためだけのものです。平和を愛するツチガエルにとって、まったく不要なものであるばかりか、ナパージュにとっては厄災をもたらしかねない力です。その力は明らかに三戒の第三条に違反するものです。そんなものは早急につぶしてしまうべきです!」

池のカエルたちから「そうだ、そうだ、その通り!」という声が起こりました。その声は次第に大きくなり、やがて「ハンニバルとゴヤスレイの目を潰して腕を切り落とせ!」という大合唱になりました。

「ハンニバルとゴヤスレイの目を潰して腕を切り落とすなんて無茶だよ。彼らはオタマジャクシを守ろうとして動いただけなのに、あんまりだ。ひどすぎるよ!」

ソクラテスは言いました。

「いや、デイブレイクの言うことは正しいよ。三戒には『争うための力を持つな』とあるんだから」

「でも、この次、ウシガエルに襲われたら、誰が守ってくれるんだ」

「三戒が守ってくれるじゃないか」

「ロベルト、三戒はただの決まりだろう。本当にナパージュを守ってくれるのか。ぼくにはそうは思えなくなってきた」

「いい加減にしろよ、ソクラテス」

ロベルトは怒ったような声で言いました。

「ロベルトこそ、少し冷静になったらどうだ」

「俺は冷静だよ。お前には前から言おうと思っていたことがあるが、ここではっきり言う。三戒を疑うようなお前とは、もう口をききたくない！」

ロベルトはそう言うと、ソクラテスに背を向け、ツチガエルの集団に入っていってしまいました。

「おい、ロベルト——」

ソクラテスはその背中に声をかけましたが、ロベルトは振り返りもしませんでした。

9

翌日、ハスの沼の集会でデイブレイクが、ハンニバルとゴヤスレイの目が潰されて腕が切り落とされたということを、嬉々《きき》として報告しました。

ソクラテスはそれを聞いて、不安でいっぱいになりました。ロベルトとは昨日別れてから一度も会っていません。

「これでもうナパージュは完全に平和な国となりました。長い間ハンニバル兄弟はナパージュにとっては実に厄介な存在でした。なぜなら彼らはいつ三戒に背くかわからなかったからです。しかし今日、ハンニバルたちの目を潰し、腕を切り落としたことによって、すべての憂《うれ》いはなくなったと言えます。ハンニバルたちはもういくら彼らが望んでも戦うことはできません。ナパージュから争うためのすべてが消えたのです。今日、わたくしの長年の悲願でもあった三戒が完全無欠のものとなったのです」

ハスの沼に集まったカエルたちは大歓声を上げました。

そのとき、後方で悲鳴が起こりました。

見ると、向こうに三匹のウシガエルが立っていました。ウシガエルは三匹ともツチガエルの体をくわえていました。ツチガエルはウシガエルの口の中で必死で暴れています。でも、ウシガエルはその体ごと、ごくりと飲み込んでしまいました。ツチガエルたちはパニックに陥りました。ハスの葉の上のデイブレイクもふるえています。

ウシガエルのお腹《なか》の中でツチガエルが動いているのが見えました。やがてその動きは止《や》みました。ウシガエルたちは満腹になったのか、ゆっくりと去っていきました。

ハスの沼の周囲は大混乱に陥りました。

「皆さん、落ち着いて、落ち着いて」

デイブレイクは必死で言いましたが、カエルたちはその声も耳に入りません。

誰かが「ハンニバル！」と言いました。それを聞いて他のカエルたちも口々にハンニバルとゴヤスレイの名前を叫びました。でも、ハンニバルとゴヤスレイはやってはきませんでした。

すぐに元老会議が開かれました。

けれど元老たちもどうしていいのかわかりません。皆、頭を抱えるばかりです。

「これは何かの間違いに違いない」ようやくガルディアンが言いました。「これはただの事故だ。そうに違いない。だから、もう同じことは起こらない」

その言葉に元老たちはほっとしたような顔をしました。

でも元老会議を見つめるツチガエルたちはおさまりません。誰かが「報復すべきだ」と言いました。すると多くのカエルが「そうだ、そうだ」と言いました。やがて「報復だ、報復だ!」という大合唱になりました。

その時、「報復は駄目だ!」という声が轟《とどろ》きました。叫んだのはデイブレイクです。「報復などもってのほかです!」デイブレイクは顔を真っ赤にして言いました。「報復して何かいいことが生まれるのでしょうか。報復すれば、亡《な》くなったツチガエルの命が返ってくるのでしょうか。否《いな》です。それに、もしウシガエルに復讐《ふくしゅう》しようとすれば、それはウシガエルと全面的に争うことになります。そうなれば、ものすごい数のツチガエルの命が失われることになります。諸君、今一度、冷静になるべきです。ウシガエルに食べられたツチガエルはたったの三匹です。三匹の報復のために、何百匹いや何千匹の仲間の命を危険にさらしてもいいのでしょうか!」

カエルたちはその言葉を聞いて、急におとなしくなりました。デイブレイクはさらに続けました。

「それに、ツチガエルを食べたウシガエルは三匹です。その三匹がたまたま間違いを犯したからと言って、ウシガエル全部を敵と見做《みな》すのは愚かなことではありませんか。

ウシガエルのほとんどは友好的なのですから」

「デイブレイクの言う通りだ」ガルディアンが言いました。「報復は何も生み出さない。それどころか、互いに報復を繰り返せば、永久に争いはなくならない。この負の連鎖を断ち切れるのは、三戒を持っているナパージュだけなのだ」

大勢のカエルたちが拍手しました。ガルディアンは続けました。

「大切なのはナパージュの未来と平和である。おそらくウシガエルたちは、これ以上は何もしてこないはずだ。我々がやらなければならないことは、ウシガエルと敵対するのではなく、友好的な関係を結んでいくことである」

小島を取り囲んでいた多くのツチガエルも、その言葉に大いにうなずきました。

「というわけで、元老会議の結論は、ウシガエルとの関係をもっとよくしていくように努力するということに決定して、本日の元老会議は終了します」


しかし翌日、南の池がすべてウシガエルに奪われたという報せがありました。

何匹かのオタマジャクシが行方不明になっているという恐ろしい情報も入りました。

元老たちはウシガエルに、池から出て行ってくれるように頼みましたが、ウシガエルは聞く耳を持ちませんでした。

ハスの沼の集会でそのことをデイブレイクから聞かされたツチガエルたちは、さすがに怒りの声を上げました。

「力ずくで取り返すべきだ！」

誰かが言いました。周囲の何匹かが「そうだ、そうだ」と言いました。

「馬鹿《ばか》なことを言うものではありません！」デイブレイクが叫びました。「力ずくで南の池を奪い返すなんてことが、我々にできるでしょうか」

誰も答えることができませんでした。デイブレイクはたたみかけるように言いました。

「できもしないことを言って、いったい何の得があるというのですか。不可能なことを考えるよりも、我々にできるベストなことを考えた方がずっと有効ではないでしょうか」

カエルたちは皆押し黙ってしまいました。ソクラテスはふと、ハンニバルだったら南の池を奪い返すことができたかもしれないと思いました。

不意に一匹のカエルが「三戒はまったく役に立っていないじゃないか！」と言いました。

「そんなことはない！」

デイブレイクは怒ったように言いました。すると別のカエルが言いました。

「昨日は三匹も食べられたし、今日は南の池が奪われた。これって、三戒が何の役にも立っていないということだろう」

沼の周囲は再び騒然としてきました。

「皆さんは全然間違っています！」デイブレイクは激しい口調で言いました。「三戒があるからこそ、被害がこれくらいで止まっているのです。もし三戒がなければ、事態はもっとひどくなっていたでしょう。実際にウシガエルの力からすれば、ナパージュ全体を飲み込むくらいは簡単なことです。しかし彼らはそうはしていない。これはやはり三戒の力のお蔭《かげ》と考えるべきなのです」

ハスの沼に集まったカエルたちは、互いの顔を見合わせながら、なるほどというふうにうなずきました。

「わたしたちの三戒は平和を望み、争いを否定する心で作られています。この精神はいずれウシガエルにも伝わるはずです」

カエルたちは一斉に拍手をしました。

その時、ソクラテスの後ろで、「ふん」という声が聞こえました。振り返ると、ハンドレッドが立っていました。

「ハンドレッドさんは、デイブレイクの言っていることをどう思いますか？」

「この国はいずれ滅びるよ。そう思っているカエルは多い。すでに何匹かはナパージュから逃げ出している。このままここにいたら、いずれはウシガエルに食べられてしまうからな。お前たちも早いこと、ナパージュから逃げた方がいいぞ」

ハンドレッドはそう言って笑いました。

「では、ハンドレッドさんも逃げるのですか？」

「俺は逃げないよ。ずっとここにいる」

「食べられるとわかっていて、ここにいるのですか？」

「ひどい国だが、俺はこの国が好きなんだ。それに——ここが俺の国だ」

ハンドレッドはそう言って寂しそうに笑うと、静かに去っていきました。

翌日、ウシガエルたちは南の池からさらに中央の草原へ大挙してやってきました。ナパージュ中が大騒ぎになりました。中央の草原を挟んでウシガエルの一群とツチガエルたちが向かい合いました。ソクラテスもその場にいましたが、ロベルトとはずっと別行動のままで、彼の姿を見つけることはできませんでした。

ツチガエルよりもウシガエルの方がずっと体が大きく、数も多いのは一目瞭然《りょうぜん》です。

もし戦えば、ツチガエルたちはひとたまりもないでしょう。

その時、上空に大きな一羽のワシが飛翔《ひしょう》しているのが見えました。スチームボートでした。それを見たウシガエルたちは激しく動揺しました。

スチームボートは上空を旋回しながら、次第に高度を下げてきます。ウシガエルたちがパニックを起こしかけているのがソクラテスにもわかりました。彼らは怯《おび》えながら、草原から後ずさりを始めました。

その時、デイブレイクが、「スチームボート、帰れ！」と叫びました。

やがて声の大きな何匹かのツチガエルが「スチームボート、帰れ！」と言いました。

何匹かのツチガエルがその言葉に同調しました。

「ここはナパージュの国だ。もはやお前の支配する国ではない！」

その声が空を飛ぶスチームボートに届いたのかどうかはわかりません。ただ、スチームボートは旋回しながらゆっくりと高度を上げると、やがて東の空のかなたへ飛び去っていきました。そして二度と戻ってきませんでした。

スチームボートの姿が見えなくなると、ウシガエルたちが俄然《がぜん》、勢いづき、一気に草原に侵入してきました。それを見たツチガエルたちは悲鳴を上げて逃げだしました。

ウシガエルたちが逃げ遅れたツチガエルたちを岩場に追い詰めたとき、岩の上から二匹のツチガエルが飛び降りて、ウシガエルの前に立ちはだかりました。それは目と腕を失ったハンニバルとゴヤスレイでした。

「ここからは行かせない」

ハンニバルは言いました。

ウシガエルは二匹に襲いかかりました。ハンニバルとゴヤスレイは懸命に戦いましたが、目が見えず腕もない状態では存分に戦うことができず、最後はウシガエルたちに飲み込まれてしまいました。その後、岩場に追い詰められたツチガエルたちも、次々にウシガエルに飲み込まれていきました。

ソクラテスは草原から命からがら逃げ出すことに成功しましたが、逃げ遅れたものはみなウシガエルたちに食べられていきました。中央草原はまさに大殺戮《だいさつりく》の場と化しました。

10

殺戮の後、中央草原は完全にウシガエルたちによって占拠されました。

今や、ナパージュの国の半分近くがウシガエルたちの支配下に置かれました。マイクのお祭り広場や、元老会議が行なわれるナパージュの中心地、緑の池のすぐそばまで、ウシガエルが迫っていました。

異様な緊張の中で元老会議が開かれました。最初に発言したのはガルディアンです。

「もはやウシガエルの侵攻を止めることはできない。この前提にたって、会議を行なうべきである」

他の元老たちは黙ってうなずきました。

「今やるべきは、ナパージュの国を平和な形でウシガエルたちにあけ渡すことだと思う。かつて我々の遠い祖先がスチームボートと争って敗れたとき、この国をあけ渡したように」

元老会議を見つめていたカエルたちの顔に動揺が走りました。

「しかし、心配は要らない」とガルディアンは言いました。「スチームボートが支配していた時代に、ナパージュが平和な国に生まれ変わったように、今、ウシガエルに支配されて、また平和な国に生まれ変わればいい。そう考えると、何も怖いことはない。ウシガエルに一時的に支配されるかもしれないが、それも長くは続かない。ウシガエルたちが去れば、ナパージュは前以上に素晴らしい国になっているはずである」

それでも小島を見つめるツチガエルたちの表情からは不安が消えませんでした。

ガルディアンは続けました。

「おそらく数日以内にウシガエルがここにもやってくるだろうが、とにかく軽挙妄動は慎むように。ウシガエルを決して刺激してはならない。無用な衝突は避ける。元老会はツチガエルの皆さんにそれをお願いしたい」

そのとき、別の元老が立ち上がって言いました。

「ガルディアンの言う通りです。ウシガエルは友好的なカエルです。昨日の殺戮は偶発的なものです。その前にツチガエルたちと睨《にら》み合いが続いていて、ウシガエルたちは興奮状態にありました。そこにスチームボートが現れて、さらに興奮状態になって、あんなことが起こってしまったのです。あれは異常な状況の下、たまたま起こった不幸な事故でした。ウシガエルを非難してはいけません。ナパージュのカエルは昔もっとひどいことを彼らに行なったのです。それを考えれば、今回の出来事はたいしたことではない。だから、このことをもってウシガエルを非難してはならないのです。繰り返しますが、ウシガエルは友好的なカエルなのです」

ツチガエルたちの顔にようやく少しだけホッとした表情が浮かびました。

そのとき、ソクラテスは池の縁にロベルトが立っているのを見つけました。

「ロベルト、無事だったか。よかった」

ソクラテスはそう言って駆け寄りましたが、ロベルトは無表情に「無事に決まっているじゃないか」と言いました。

「ところで、この国はどうなるんだろう?」

「どうなるって?」

「昨日の殺戮現場を見ていると、ナパージュのカエルたちがこのまま無事でいられるような気がしないんだが――」

ロベルトは、何を言っているんだという目でソクラテスを見ました。

「ナパージュには、三戒があるんだ。安全だよ」

「ロベルト、今、ぼくはようやくわかったよ。三戒には、争いを防ぐ力なんて、本当はないんだ」

「そんなことはない。三戒は正しい!」

「まだ、そんなことを言っているのか。ウシガエルがツチガエルを虐殺したのは、スチームボートが飛び去っていったからじゃないか」

「違う! ナパージュのカエルたちが友好的にウシガエルを受け入れさえすれば、あんなことは起こらなかったんだ!」

ロベルトは目を吊《つ》り上げて言いました。その顔は以前の彼とはまるで別のカエルのようでした。

「よく聞いてくれ、ロベルト――」

「黙れ、ソクラテス。それ以上、三戒の悪口を言うと、お前でも許さんぞ！」

ロベルトは今にも殴りかからんばかりの剣幕で怒鳴りました。ソクラテスはもう何を言っても無駄だと思い、黙りました。

翌日、ウシガエルたちが大挙して、中央草原からナパージュの中心地にやってきました。

ツチガエルたちは怯えながらも、ウシガエルが我が物顔でナパージュの国を練り歩くのを遠巻きに眺めていました。

ウシガエルを大歓迎したカエルたちもいました。ピエールたちエンエンのヌマガエルです。ピエールは手を振りながらウシガエルに近付き、その群れの中に入っていきました。

やがてウシガエルはナパージュの中心地のほとんどを占拠しました。ハスの沼も、お祭り広場も、元老会議が行なわれる小島の池も、すべてウシガエルたちのものになりました。

その夜、デイブレイクはいつものようにハスの沼で集会を開きました。でも沼にいたのはウシガエルばかりです。ソクラテスとロベルトは遠くの岩陰からそっと覗《のぞ》いていました。

「ウシガエルの皆さん、ナパージュへようこそ！」

デイブレイクは言いました。

「わたくしは皆さんを歓迎します。なぜならウシガエルの皆さんは平和を愛するカエルだからです。ナパージュのカエルは常に世界の平和を脅《おびや》かそうとしていました。それをわたくしが必死で食いとめていました。この国にはウシガエルの皆さんへの敵意を隠さないツチガエルも少なくありません。わたくしは長い間、そうした敵と戦ってきました。それはひとえに平和を愛するが故《ゆえ》にほかなりません」

ウシガエルたちはデイブレイクの話をにやにやして聞いています。

「最近ナパージュはおかしな国になりつつありました。三戒を捨てようと言い出すものが現れたり、ウシガエルの皆さんを撃退しようと言い出すものもいました」

そのとき何匹かのウシガエルがデイブレイクに近付きました。デイブレイクの顔に恐怖の色がよぎるのがソクラテスには見えました。ウシガエルは何やら低い声で言いましたが、何と言ったかまでは聞こえませんでした。

「はい、はい！」

デイブレイクが甲高い声で返事するのが聞こえました。

「もちろんです。わたくしはウシガエルの皆さんがナパージュを統治しやすいように、皆さんの敵を一匹残らずお教えします」

デイブレイクを取り囲んでいるウシガエルたちは満足そうな笑みを浮かべました。

その夜から、「三戒破棄」を強く主張していたツチガエルたちが次々に捕らえられていきました。

最初に捕らえられたのはプロメテウスでした。次に彼に同調した以前の元老たちが捕らえられました。彼らを捕まえる役目を負っていたのは、ピエールに率いられたエンエンのヌマガエルたちです。捕らえられたカエルはすべてウシガエルに食べられました。

デイブレイクはハスの沼の集会で、毎日「ウシガエルの敵」の情報を公開しました。デイブレイクに名前を読み上げられたツチガエルは、その日のうちにピエールたちに捕まえられて、ウシガエルたちに生きたまま丸呑《まるの》みにされました。ハンドレッドもそうして食べられました。噂《うわさ》では、彼は食べられる直前まで悪態をついていたということでした。

次に、ツチガエル同士の密告が始まりました。かつて様々な場所で三戒に対して懐疑的な発言をしたり、ウシガエルを追い出そうという発言をしていたカエルたちが、仲間の密告によって次々に連行されていきました。全カエルたちの採決の日に「三戒破棄」に賛成したカエルたちも、それを見ていたカエルの情報提供によって捕まえられていきました。

こうしてウシガエルがナパージュにやってきて二十日くらいで、ツチガエルの四分の一近くがウシガエルに食べられてしまいました。

生き残ったツチガエルたちは、採決の日に「三戒を守ろう」という意見を選んでよかったと心から思いました。デイブレイクの言うことを信じて正解だったのです。「三戒」はやはり正しかったのです。そして多くのカエルたちはこう考えました。ウシガエルに食べられたカエルたちは、三戒を疑ったバチが当たったのだと。

エピローグ

こうしてナパージュの国は滅びました。

ただ、生き残ったツチガエルたちにも過酷な運命が待っていました。池や林から追われ、岩場や荒地のような暮らしにくいところに追いやられたからです。そんなところにはエサとなる虫もほとんどいません。こうしてツチガエルの多くが飢えて弱っていきました。

やがてほとんどのツチガエルはウシガエルの食用の奴隷《どれい》にされることが発表されました。ウシガエルが食べたい時に食べられるのです。

でも中には、食用の身分から逃れることのできた幸運なツチガエルもいました。デイブレイクもその一匹です。彼はウシガエルがナパージュを占拠して以来、毎日、ウシガエルのために集会を開き、彼らの偉大さを称《たた》える演説を行ないました。そしてまたナパージュがいかにひどい国であったかを滔々《とうとう》と述べました。ウシガエルたちは大いに喜び、そのお蔭《かげ》で、デイブレイクは食用ではない、ただの奴隷にしてもらえたのです。

ガルディアンもまた幸運に恵まれました。彼はウシガエルから、ナパージュの奴隷地区を治める役目を仰《おお》せつかりました。それで食用から免れたのでした。

ナパージュで有名だった「語り屋」や「物知り屋」たちの多くも、ウシガエルに命を助けられました。プランタンをはじめとする「語り屋」たちはウシガエルを誉《ほ》めそやす話を作り、「物知り屋」はナパージュの歴史を、ウシガエルが言うように書き換えました。それによって、かつてのナパージュは「悪魔の国」であったとされました。

落書屋のスーアンコは、子供はウシガエルに食べられましたが、自身はウシガエルの絵を描くことで助かりました。

フラワーズたちは元気の良さを買われ、ウシガエルの前衛部隊の兵隊にされました。

ウシガエルは、ツチガエルたちの三戒の中の「カエル」という言葉を「ウシガエル様」という言葉に直させました。三戒はこうなりました。

一、ウシガエル様を信じろ
二、ウシガエル様と争うな
三、争うための力を持つな

そしてツチガエルたちに、これからも平和でいたかったら三戒を守り続けるように命じました。

ウシガエルがナパージュを奪ってから、一番いい暮らしができるようになったのは、ピエールたちヌマガエルでした。彼らはウシガエルに仕え、奴隷の身分のツチガエルの上に君臨《くんりん》するようになりました。

よそものであったアマガエルのソクラテスとロベルトは奴隷にはされませんでした。でも、ソクラテスはもうこの土地に棲《す》む気はなくなっていました。

「ロベルト、ぼくはナパージュを出るよ。たとえ生きていけるにしても、ここで暮らす気はない」

「俺も同じ気持ちだ」

ロベルトは力なく言いました。

「ソクラテス、俺はお前に謝りたい。前にひどいことを言った」

「そんなことはもうどうでもいいよ」

悲しそうに笑うロベルトの顔は、まるで憑《つ》き物《もの》が落ちたようでした。

「この国に来て、いつのまにか三戒は素晴らしいものと思い込んでいた。でも、三戒はナパージュのカエルたちを守ってくれなかった。平和だったナパージュが、どうしてこんなことになってしまったんだろう」

「よくわからないけど――」ソクラテスは言いました。「三戒は宗教みたいなものだったんじゃないかな。ナパージュのカエルたちは殉教《じゅんきょう》したんだよ」

「信仰に殉じたカエルたちは、幸せだったのか」

「わからない。ロベルトはどう思う？」

ロベルトは黙って首を横に振りました。

ソクラテスとロベルトは北を目指すことにしました。そこには赤茶けた荒地が広がっていましたが、躊躇《ちゅうちょ》する気持ちはありませんでした。

北の崖《がけ》に来た時、後ろを振り返りました。

かつて素晴らしい楽園だったナパージュは、どこにもありませんでした。森や林や池は同じでも、そこからはもうツチガエルたちの歌声や笑い声は聞こえてきません。

その時、大粒の雨の滴《しずく》が二匹の体を濡《ぬ》らしました。久しぶりの雨でしたが、ソクラテスもロベルトも少しも喜びを感じませんでした。

崖を降りて行こうとした時、林の中で嫌な光景を目にしました。ウシガエルたちが一匹のツチガエルを弄《もてあそ》んでいたのです。

雨の中でウシガエルたちはツチガエルの手や足をちぎって食べ、まだ生きているツチガエルを空中に放り投げたり、濡れた地面に叩《たた》きつけたりして笑っていました。

ソクラテスはあまりの酸鼻《さんび》に思わず顔をそむけました。ウシガエルがこの国を占領して以来、いたるところで見られた光景ですが、何度見ても慣れることはありません。

やがてウシガエルたちはいたぶるのにも飽きたのか、ツチガエルを地べたに投げ捨てたまま、どこかへ行ってしまいました。

ソクラテスとロベルトがツチガエルに駆け寄ると、それはローラでした。

「ローラ!」

ロベルトが彼女の名を呼びました。

「あら、アマガエルさんたちね」

ローラはかすかな声で言いました。

「しっかりしろ」

ソクラテスはそう言いましたが、手足がちぎれた状態では、もう助からないのはわかっていました。

ローラは弱々しく笑いました。

「大丈夫よ。ひどいことにはならないわ。だって、ナパージュには三戒があるんですもの」

それがローラの最後の言葉になりました。

この物語はフィクションであり、実在の人物・団体等とは一切関係ありません。

挿画　百田尚樹

解　説

櫻井よしこ

百田尚樹さんの『カエルの楽園』が文庫本になって、もっと多くの人々に広く読まれることになりました。解説を書く光栄をいただき、今、執筆しています。日付は二〇一七年七月四日。そうです、東京都議会議員選挙の直後です。書き進みながら私は、『カエルの楽園』と、都議選での安倍自民党大敗という事象をつなぐ共通の要因の存在を感じています。

そのことを説明する前に、何よりも先に強調したいことがあります。『カエルの楽園』は誰でも気楽に読める寓話《ぐうわ》の形をとりながら、日本国の本質を鋭く抉《えぐ》り出した名著であるということです。

読み始めればすぐに、本書は現代の日本の社会、そして安全保障をテーマにした物語だということがわかります。寓話の謎解《なぞと》きをするのは無粋であることは承知していますが、この本を手に取られた十代の人たちのために、敢えて言わずもがなのことを述べさせていただきます。

楽園のナパージュは日本国であり、その住人のツチガエルは私たち日本人です（ナパージュの綴《つづ》りは「Ｎａｐａｊ」、ひっくり返すと「Ｊａｐａｎ」になります）。狂言回しである二匹のアマガエルは難民です。物語はアマガエルの目を通して語られる、ナパージュとツチガエルたちの運命です。

ナパージュを脅《おびや》かすウシガエルは中国（人）、ナパージュに君臨する鷲《わし》のスチームボートはアメリカ合衆国、ハンニバル三兄弟は陸海空の自衛隊でしょうか。楽園に棲《す》みつくヌマガエルの正体は皆さんがお考え下さい。

ツチガエルたちが何よりも大切に守っている「三戒」は、日本国憲法の前文（諸国民の公正と信義に信頼して云々――）と九条二項であり、彼らがいつも歌っている「謝りソング」は、戦後の自虐思想そのものです（これはＧＨＱの「ウォー・ギルト・インフォメーション・プログラム」という占領政策によって、日本人に植え付けられた思想です）。「三戒」と「謝りソング」のせいで、ツチガエルたちは他力本願の無責任主義と夢見る平和主義に陥っています。平和でありさえすれば、紛争や戦争さえなければ、奴隷の平和であってもよいと心から思い込んでいます。

そんな彼らを長年にわたって洗脳し続けているデイブレイクというツチガエルは、

ナパージュの陰の権力者ですが、このネーミングセンスは秀逸です。デイブレイクを直訳すると「夜明け」です。これが何を意味するかは申し上げることもないでしょう。穿《うが》った見方をすると、「デイ」「ブレイク」は「日」「壊す」とも読めます。

毎日のように南の崖《がけ》をよじのぼってナパージュにやってくるウシガエルの脅威を認めず、「三戒」を死守しようとする元老のガルディアンは皺《しわ》だらけの醜いツチガエルです。お腹の皺を数えるとちゃんと九本あります。九本、つまり、九条なのですね。

百田さんの仕込みのなんとユーモアに溢《あふ》れていることでしょう。

一日中、歌や踊りでツチガエルたちを楽しませるお祭り広場は、「テレビ」でしょうか。そこで場をとりしきるマイクというカエルは、報道番組に出てくるコメンテーターを象徴しているように見えます。物語の後半、ハスの沼で演説するカエルたちは、いずれも現存する有名人を譬《たと》えていますが、ここでは敢えてその謎解きはいたしません。

こうして楽しみながら、時にはクスクス笑いながら読んでいく内に、やがて、背中が寒くなるようなナパージュ国の実態が目の前に表れます。デイブレイクをはじめとするカエルたちは、物語の中で、奇妙でおかしな主張を繰り返します。読者はそれを読みながら、「なんと無茶苦茶なことを言うカエルだろう」と笑うでしょうが、ふと、その主張は私たちが日頃、新聞やテレビで普通に見聞きしているセリフであることに気付き、ぞっとすることになるでしょう。

物語の中に、南の崖をよじ登ってきたウシガエルに不安を抱くツチガエルたちに対し、デイブレイクやガルディアンは実に気味の悪い言葉を吐いています。

●「ウシガエルは虫を追っていて、うっかりと南の草むらに入ってきただけかもしれない。あるいは草むらが珍しくて、見学に来ただけかもしれない」

●「こんなところに我々が集まっていては、緊張を高めるだけです」

●「とことん話し合えば、必ず明るい未来が開ける」

ところが驚いたことに、この本が出された四ヵ月後の二〇一六年六月九日（単行本の刊行は二月）に、中国軍艦が初めて尖閣沖の接続水域に侵入した時、朝日新聞は社説に次のような文章を書きました。

●「今回の行動に習近平政権の意思がどこまで働いていたのか。（中略）軍艦の行動が意図的なものか、偶発的だったのかも不明だ」

●「事実関係がわからないまま不信が募れば、さらなる緊張を招きかねない」

●「対話のなかで、お互いの意図を理解し、誤解による危機の拡大を防ぐ」

奇妙なことにデイブレイクたちの言葉とまったく同じです。これは偶然の一致でしょうか。それとも百田さんは、中国軍艦の侵入と朝日新聞の社説を予言していたのでしょうか。

百田さんは最後まで、残酷なまでに、書き尽くします。楽しませつつ、物語を運び、さらに展開させ、最後に、真実の中の真実を読者の心のまん中にストーンと落としてみせます。ラストで、あるカエルが口にするセリフは多くの読者を戦慄《せんりつ》させるかもしれません。

何より怖《おそ》ろしいことは、この寓話が、現在、私たちの目の前で、少しずつですが、現実になりつつあることです。本書は日本の未来を見通した、誠に名著であるというしかありません。

もちろんこの寓話は別の読み方もできます。「沖縄の現状を表わしている」という読み方もできますし、また「思考を放棄した国家の運命」、あるいは「肥大化したメディアの恐怖」という象徴的な寓話と見ることも可能です。そうした様々な読み方が可能であるというのも優れた寓話であることの証《あかし》です。

冒頭で都議会議員選挙と『カエルの楽園』は深くつながっていると書きました。

体も小さく備えもしてこなかったツチガエルたちは、自分自身も、いわんや自分たちの国であるナパージュも自力で守ることができません。侵略してくる体の大きなウシガエルの前で、彼らは絶対的平和主義と絶対的非暴力を最高の価値とする「カエルの三戒」を守り通そうとします。でも、国を守り、人々の命を守る術《すべ》も力もないのは、とても不安です。ツチガエルたちの中から、自分たちが食べ尽くされ、祖国が消滅するかもしれないというこれ以上ない危機に直面して、絶対平和主義の原則である「三戒」を見直そうという意見が、遂に出てくるのは、自然なことです。

でも、そのとき、強力な反対意見が声高に叫ばれます。絶対平和主義ガエルたちです。彼らは強固かつ頑固に、建前論の美しい言葉を並べたてます。「信じる心」、「平和の尊び」、「争いのない世界」——なんと正しく美しい言葉でしょうか。民衆はこういう美しい言葉に酔うのが大好きです。大半の人たちが美しい漠然とした言葉に酔い痴《し》れているとき、彼らを酔わせているピカピカの建前論に立ち向かうのは、存外難しいものです。

果せる哉《かな》、絶対平和主義見直し派のカエルたちは多勢に無勢で押され続けます。命を守るためには防衛しなければならない、そのための力を持つべきだという当然の常識を提言するカエルたちに、絶対平和主義のデイブレイクが啖呵《たんか》を切ります。

「ただですむと思っているのか。お前など葬り去るのは簡単なんだぞ!」

絶対平和主義を美しい言葉で唱えるカエルたちは、実際は恐ろしい程暴力的なのです。正論を唱えたカエルたちはこうして叩《たた》き出されていきます。

安倍晋三《あべしんぞう》首相は、今回の都議選を前に散々な批判を浴びました。「朝日新聞」をはじめ、およそ新聞という新聞、テレビ局のニュース番組、数々のワイドショーで文字どおり嵐《あらし》のような批判を浴びました。確かに自民党議員の酷《ひど》い失態はありました。誰でも自民党は一体どうしたのかと、疑問を抱いてしまったことでしょう。そのことを勘案しても安倍首相に対する執拗《しつよう》な批判と非難は尋常ならざるものでした。

なぜ、選挙前に、恰《あたか》もタイミングをはかったように、自民党問題が暴かれ、安倍首相批判が繰り返されるのか。そうした批判の中で、なぜ前川喜平《まえかわきへい》氏という文部科学省の前事務次官が「正義の味方」のような位置づけになるのか、メディアはもっと冷静な報道をする必要があるのではないか。そう考えている内にはっと気づきました。一〇年前も同じような現象があったことに。

第一次安倍政権の末期の状況と現在のそれは似ていると思います。約一〇年前、安倍首相は多くの法案を通そうと急ぎました。防衛庁を「省」に格上げし、教育基本法を改正し、憲法改正に必要な国民投票法を成立させました。

安倍首相が力を振り絞って、国民投票法を成立させたときのことを私は鮮明に覚えています。この法律がなければ、憲法改正はできません。国会の衆参各議院で三分の二以上の賛成を得て憲法改正が発議されたあと、国民投票で半分以上の国民の賛成を勝ち取らなければ改正できないからです。

しかし、日本には国民投票を実施するための法律がなかったのです。法律がなければ国民投票はできません。ですから首相は、支持率も下がりメディアの批判が高まる中で、本当に力を振り絞って国民投票法を成立させたのです。

安倍首相は憲法改正の法的基盤にぽっかりと空いていた司法上の穴を埋めました。それに反発したのが「朝日新聞」をはじめとする憲法改正に否定的なメディアと野党でした。轟轟《ごうごう》たる非難が渦巻きました。安倍政権がよからぬことを企んでいるかのようなわけ知り顔の、しかし、なんの根拠もない解説が、ワイドショーの人々によって展開されました。

無論、当時も自民党は問題を抱えていました。松岡利勝《まつおかとしかつ》農林水産大臣の自殺があり、後任の赤城徳彦《あかぎのりひこ》大臣の「絆創膏《ばんそうこう》事件」もありました。

メディアは連日こうしたことを書きたて、ワイドショーはまたもや多くのタレントや有名人による井戸端会議のような解説を流し続けました。世間は自民党批判、安倍批判一色となり、安倍自民党は参議院議員選挙に大敗しました。その後首相が辞任したのは周知のとおりです。

今回も、選挙前に安倍首相は憲法改正につながる重要な動きを見せています。五月三日には「読売新聞」との単独インタビューで憲法改正に具体的に踏み込みました。ズバリ、核心の九条に触れたのです。

自民党総裁としての首相の提案は、九条の一項と二項をそのままにしておいて、自衛隊の存在を憲法に書き込むという絶妙な曲球《くせだま》でした。

極《ご》く簡単に言えば一項は平和主義を強調し、侵略戦争はしないと誓う内容です。二項はどんな戦力も持たず、そのうえ、「国の交戦権」を認めないという内容です。世界に類例のない、異常と言ってよい絶対平和主義です。ツチガエルたちが毎日歌うように繰り返している「カエルの三戒」のうちの二つ、「カエルと争うな」「争うための力を持つな」です。

公明党はツチガエルたちの絶対平和主義と同じような価値観を掲げています。彼らは二項を後生大事にしていますから、二項をそのまま保持するという首相提案には反対できません。こうして首相は、憲法改正に必ずしも前向きではない公明党を極めて巧みに改正の輪の中に入れたのです。日本維新も、教育の無償化を掲げる首相の改憲案に反対する理由はありません。

よく考え抜いた戦略的な九条改正のボールを投げた首相の思惑は当たりました。俄《にわ》かに改正論議が活発化したのです。「朝日新聞」をはじめとする左派系メディアはどれ程驚き、怒り心頭に達したことでしょうか。彼らは俄然《がぜん》安倍批判を強め、自民党批判を加速しました。

投票日が近づくにつれ、安倍自民党に対する批判の嵐が強まった背景には、個々の問題を越えた左派系メディアの決意、つまり、憲法改正を目指し、そこに近づきつつある安倍首相は絶対に許さないという彼らの怒りと恐れがあったと、私は感じています。繰り返しますが、自民党の側にもたしかに問題はあります。けれど、メディアの安倍批判は余りにも一方的でバランスを欠いていると言わざるを得ません。斯《か》くして都議選は自民党の大敗に終わりました。

一〇年前と今年、本当によく似た構図です。これが、七月二日の真実だったと、私は確信しています。この二つの出来事はたまたま起こった似た事件ではありません。憲法改正を、何としても阻《はば》もうとする勢力が、一〇年ぶりに総力を結集した結果にほかなりません。

もしこのまま改憲ができなければ、日々高まる中国や北朝鮮の脅威に対して、日本は国民の命と安全を守ることが困難となるでしょう。その行きつく先の答えが『カエルの楽園』に書かれています。

ツチガエルたちの楽園は、最後にどうなったでしょうか。一匹一匹のカエルたちはどうなったでしょうか。それは皆様お一人お一人が、本書を読んで確認して下さい。百田さんもカエルになって本書に登場しています。絶対平和主義ガエルの前に立ち塞《ふさ》がって祖国を守ろうとする百田さんガエルの運命も、どうぞ本書を読んで、皆様御自身で確認して下さいね。

私もまた日本に必要な憲法改正を実現するために、百田さんガエルを応援し、戦い続けるつもりです。

本書を通して日本の現実を知って下さる人たちが増えつづけていくことを願っています。

（二〇一七年七月、ジャーナリスト）

この作品は平成二十八年二月新潮社より刊行された。

百田尚樹著
フォルトゥナの瞳
「他人の死の運命」が視える力を手に入れた男は、愛する女性を守れるのか——。生死を賭けた衝撃のラストに涙する、愛と運命の物語。

カフカ
高橋義孝訳
変　身
朝、目をさますと巨大な毒虫に変っている自分を発見した男——第一次大戦後のドイツの精神的危機、新しきものの待望を託した傑作。

R・バック
五木寛之創訳
かもめのジョナサン【完成版】
自由を求めたジョナサンが消えた後、彼の神格化が始まるが……。新しく加えられた最終章があなたを変える奇跡のパワーブック。

P・ギャリコ
古沢安二郎訳
ジェ ニ ィ
まっ白な猫に変身したピーター少年は、やさしい雌猫ジェニィとめぐり会った……二匹の猫が肩寄せ合って恋と冒険の旅に出発する。

J・ロンドン
白石佑光訳
白 い 牙
四分の一だけ犬の血をひいて、北国の荒野に生れた一匹のオオカミと人間の交流を描写し、人間社会への痛烈な諷刺をこめた動物文学。

メルヴィル
田中西二郎訳
白　鯨（上・下）
片足をもぎとられた白鯨モービィ・ディックへの復讐の念に燃えるエイハブ船長。激浪荒れ狂う七つの海にくりひろげられる闘争絵巻。

吉村昭著
戦艦武蔵
菊池寛賞受賞

帝国海軍の夢と野望を賭けた不沈の巨艦「武蔵」――その極秘の建造から壮絶な終焉まで、壮大なドラマの全貌を描いた記録文学の力作。

吉村昭著
零式戦闘機

空の作戦に革命をもたらした〝ゼロ戦〟――その秘密裡の完成、輝かしい武勲、敗亡の運命を、空の男たちの奮闘と哀歓のうちに描く。

吉村昭著
漂流

水もわかず、生活の手段とてない絶海の火山島に漂着後十二年、ついに生還した海の男がいた。その壮絶な生きざまを描いた長編小説。

吉村昭著
羆嵐（くまあらし）

北海道の開拓村を突然恐怖のドン底に陥れた巨大な羆の出現。大正四年の事件を素材に自然の威容の前でなす術のない人間の姿を描く。

吉村昭著
破獄
読売文学賞受賞

犯罪史上未曽有の四度の脱獄を敢行した無期刑囚佐久間清太郎。その超人的な手口と、あくなき執念を追跡した著者渾身の力作長編。

吉村昭著
ふぉん・しいほるとの娘
吉川英治文学賞受賞（上・下）

幕末の日本に最新の西洋医学を伝え神のごとく敬われたシーボルトと遊女・其扇の間に生まれたお稲の、波瀾の生涯を描く歴史大作。

池波正太郎著

忍者丹波大介

関ケ原の合戦で徳川方が勝利し時代の波の中で失われていく忍者の世界の信義……一匹狼となり暗躍する丹波大介の凄絶な死闘を描く。

池波正太郎著

闇の狩人（上・下）

記憶喪失の若侍が、仕掛人となって江戸の闇夜に暗躍する。魑魅魍魎とび交う江戸暗黒街に名もない人々の生きざまを描く時代長編。

池波正太郎著

雲霧仁左衛門（前・後）

神出鬼没、変幻自在の怪盗・雲霧。政争渦巻く八代将軍・吉宗の時代、狙いをつけた金蔵をめざして、西へ東へ盗賊一味の影が走る。

池波正太郎著

忍びの旗

亡父の敵とは知らず、その娘を愛した甲賀忍者・上田源五郎。人間の熱い血と忍びの苛酷な使命とを溶け合わせた男の流転の生涯。

池波正太郎著

真田騒動
—恩田木工—

信州松代藩の財政改革に尽力した恩田木工の生き方を描く表題作など、大河小説『真田太平記』の先駆を成す〝真田もの〟5編。

池波正太郎著

真田太平記（一〜十二）

天下分け目の決戦を、父・弟と兄とが豊臣方と徳川方とに別れて戦った信州・真田家の波瀾にとんだ歴史をたどる大河小説。全12巻。

司馬遼太郎著 梟の城 直木賞受賞

信長、秀吉……権力者たちの陰で、凄絶な死闘を展開する二人の忍者の生きざまを通して、かげろうの如き彼らの実像を活写した長編。

司馬遼太郎著 国盗り物語（一〜四）

貧しい油売りから美濃国主になった斎藤道三、天才的な知略で天下統一を計った織田信長。新時代を拓く先鋒となった英雄たちの生涯。

司馬遼太郎著 燃えよ剣（上・下）

組織作りの異才によって、新選組を最強の集団へ作りあげてゆく"バラガキのトシ"——剣に生き剣に死んだ新選組副長土方歳三の生涯。

司馬遼太郎著 関ケ原（上・中・下）

古今最大の戦闘となった天下分け目の決戦の過程を描いて、家康・三成の権謀の渦中で命運を賭した戦国諸雄の人間像を浮彫りにする。

司馬遼太郎著 城塞（上・中・下）

秀頼、淀殿を挑発して開戦を迫る家康。大坂冬ノ陣、夏ノ陣を最後に陥落してゆく巨城の運命に託して豊臣家滅亡の人間悲劇を描く。

司馬遼太郎著 胡蝶の夢（一〜四）

巨大な組織・江戸幕府が崩壊してゆく——この激動期に、時代が求める"蘭学"という鋭いメスで身分社会を切り裂いていった男たち。

山本周五郎著

青べか物語

うらぶれた漁師町・浦粕に住み着いた私はボロ舟「青べか」を買わされた——。狡猾だが世話好きの愛すべき人々を描く自伝的小説。

山本周五郎著

日日平安

橋本左内の最期を描いた「城中の霜」、武士のまごころを描く「水戸梅譜」、お家騒動をユーモラスにとらえた「日日平安」など、全11編。

山本周五郎著

さぶ

職人仲間のさぶと栄二。濡れ衣を着せられ捨鉢になる栄二を、さぶは忍耐強く支える。友情を通じて人間のあるべき姿を描く時代長編。

山本周五郎著

ながい坂 (上・下)

人生は、長い坂。重い荷を背負い、一歩一歩、確かめながら上るのみ——。一人の男の孤独で厳しい半生を描く、周五郎文学の到達点。

山本周五郎著

人情裏長屋

居酒屋で、いつも黙って飲んでいる一人の浪人の胸のすく活躍と人情味あふれる子育ての物語「人情裏長屋」など、〝長屋もの〟11編。

山本周五郎著

樅ノ木は残った

毎日出版文化賞受賞 (上・中・下)

仙台藩主・伊達綱宗の逼塞。藩士四名の暗殺と幕府の罠——。伊達騒動で暗躍した原田甲斐の人間味溢れる肖像を描き出した歴史長編。

カエルの楽《らく》園《えん》

新潮文庫　ひ-39-2

平成二十九年九月一日発行
令和五年十二月二十日八刷

著者　百《ひゃく》田《た》尚《なお》樹《き》
発行者　佐藤隆信
発行所　株式会社 新潮社

郵便番号　一六二—八七一一
東京都新宿区矢来町七一
電話　編集部(〇三)三二六六—五四四〇
　　　読者係(〇三)三二六六—五一一一
https://www.shinchosha.co.jp

価格はカバーに表示してあります。
乱丁・落丁本は、ご面倒ですが小社読者係宛ご送付ください。送料小社負担にてお取替えいたします。

印刷・錦明印刷株式会社　製本・錦明印刷株式会社

ISBN978-4-10-120192-4 C0193